조선가인살롱

조선 가인 살롱

신현수
장편소설

(주)자음과모음

차례

여기는 어디? 나는 누구?

블랙홀 같은 곳을 빠져나오자마자 쨍한 햇살이 얼굴로 쏟아졌다. 체리는 어질어질해서 중심을 못 잡고 비틀거렸다. 그때 누가 팔을 우악스레 붙잡았다.

"엄마앗! 왜 이래요!"

체리는 팔을 빼내려 안간힘을 썼다. 하지만 상대는 잡은 손에 힘을 주며 나무라듯 말했다.

"넘어지겠소. 잠시만 가만히 있으시오."

머릿속이 빙빙 돌고 어지러워 체리도 더는 어쩌지 못했다. 그렇게 십 초쯤 지났을까. 겨우 현기증이 잦아들자 체리는 똑바로 섰다. 팔을 잡았던 자도 그제야 손을 놓았다.

헉! 그런데 이게 웬일? 글쎄, 눈부신 햇살 아래 웬 꽃미남이 떡

하니 서 있는 게 아닌가! 숯처럼 새까만 눈썹, 쌍까풀 없이 시원스러운 눈매에 반짝이는 눈빛, 조각칼로 빚은 듯 오뚝한 콧날, 다부진 입술을 가진 남자가…….

수상쩍은 건 그의 옷차림이었다. 연분홍색 도포, 쪽빛 조끼, 까만 흑립, 배꼽 아래까지 드리운 구슬갓끈, 가죽신…… 게다가 손에 든 쥘부채는 패션 소품?

'앗, 혹시 여기는 사극 촬영장? 이 꽃선비는 사극 로맨스 드라마 남주? 처음 보는 배우인데 라이징 스타인가? 그렇지 않고서는 이런 꽃선비가 내 앞에 있을 리가 없잖아.'

체리는 사극 드라마 마니아답게 이렇게 지레짐작했다. 그러고 보니 주변도 온통 고릿적풍이었다. 알록달록 화려한 그림이 그려진 집채며 돌담을 빙 둘러 가며 핀 붉은 모란꽃, 뜰 한가운데에 있는 연못, 별자리 모양이 그려진 둥글고 판판한 돌판까지…….

'아하, 사극 찍는 거 맞네. 여긴 드라마 세트장이고. 재미있겠다. 구경 좀 하고 가야지.'

방금 비틀거렸던 것도 까맣게 잊고 체리는 야무진 계획을 세웠다. 그런데 꽃선비가 체리를 보며 나직이 혼잣말을 하는 것이 들렸다.

"이 낭자가 그 낭자인가? 천하절색이란 말은 못 들었는데……."

아무리 공부하고는 담쌓고 사는 대한민국 중3 강체리라 해도 '천하절색'이 무슨 말인지 정도는 알고 있었다.

체리는 둘레둘레 주위를 살폈다. 주위에 천하절색급 미녀 스타가 있나 싶어서. 하지만 아무도 없었다. 자신과 꽃선비, 둘 말고는. 그렇다면 뻔할 뻔 자다. 드라마 찍기 전 주연 배우가 할 일이란 딱 한 가지 아닌가? 체리는 인사도 나눌 겸 말을 걸었다.

"아, 대본 연습하시나 봐요. 새 드라마 찍으세요? 제목이 뭐예요?"

"대본 연습? 두라마? 그게 뭐요?"

꽃선비가 어리둥절한 눈빛으로 되묻는데, 뒤에서 카랑카랑한 여자의 목소리가 들려왔다.

"오시었습니까? 기다리고 있었습니다."

뒤를 돌아보니 반짝거리는 비단 치마저고리를 입은 풍채 좋은 여인이 꽃선비에게 묵례를 하곤 성큼성큼 걸어오고 있었다. 넓은 저고리 소매는 독수리 날개처럼 펄럭거리고 치맛자락은 치렁치렁 바닥에 길게 끌렸다. 예순 살 안팎으로 보이는 여인은 화이트 마니아임이 분명했다. 치마저고리, 네모나고 높다란 모자, 배꼽까지 내려온 구슬 목걸이, 귓불에 늘어뜨린 귀걸이까지 모조리 흰색이었으니……. 허리에 두른 널따란 띠만이 패션 포인트인 양 진분홍색이었다.

이상한 점은 꽃선비와 여인 말고는 아무도 없다는 것. 사극 촬영장이라면 감독이든 카메라맨이든 스태프든, 하다못해 엑스트라라도 있어야 할 텐데?

꽃선비가 화이트 마니아 여인에게 말했다.

"이 낭자가 그 낭자요? 정신없이 비틀거려서 내가 잡아 줬는데……."

'이 낭자가 그 낭자? 정신없이 비틀거리는 걸 잡아 줬다면, 나? 그럼 대본 연습하는 게 아니었어?'

불길한 느낌에 자신의 옷매무새를 살피다가 체리는 그만 까무러칠 뻔했다. 치마저고리 차림에 꽃신을 신고, 머리는 한 갈래로 쫑쫑 땋아 꽃분홍 댕기까지 드리우고 있었기 때문이다.

'헉! 내 꼴이 왜 이래? 언제 이런 차림을 한 거야?'

체리가 놀라거나 말거나 아랑곳하지 않고 여인이 대답했다.

"예, 이 낭자가 그 낭자이옵니다. 촌에서만 살다가 한양은 처음이니 정신없을 법도 하지요. 졸지에 부모도 여의었고."

'한양이라면 서울의 옛 이름? 근데 부모를 여의었다고? 내가? 엄마 아빠가 멀쩡하게 살아 계시건만 웬 고아 취급?'

도무지 해석 불가능한 상황에 체리는 온몸이 오그라드는 것 같았다. 사극 촬영장이 아니라는 게 점점 확실해지고 있었으니…….

'나, 납치된 건가? 사이비 종교 집단이나 인신매매범한테?'

112에 신고하려고 황급히 핸드폰을 찾았다. 하지만 어디에도 없었다. 어쩔 줄 몰라 하며 체리가 허둥지둥하는데 여인이 꽃선비에게 말했다.

"이런저런 당부를 한 연후에 이 낭자를 내보낼 터이니 나무 그늘에서 잠시 바람 좀 쐬고 계시지요. 오래 걸리지는 않을 것이옵니다.”

“그러지요.”

꽃선비가 선선히 대답하며 발걸음을 옮기자 여인이 말했다.

“강체리, 너는 나를 따라오거라.”

거부하기 어려운 위엄 서린 말투였다. 하지만 아무리 그렇다 한들 여기가 어딘지, 매무새는 왜 이 꼴인지 아무것도 모르는 기막힌 상황에서 어찌 호락호락 따라갈까. 체리는 뒷걸음질 치며 소리쳤다.

“안 가요! 집에 갈 거예요!”

그러자 여인이 눈빛을 부드러이 풀고 달래듯이 말했다.

“걱정 마라. 이상한 데로 데려가는 게 아니니.”

‘이상한 데로 가는 거 아니라고? 어떡하지?’

잠시 고민하던 체리는 여인의 말을 믿고 일단 따라가 보기로 했다. 여인은 ‘星宿廳(성수청)’*이란 현판이 걸린 곳으로 체리를 데려갔다. 안으로 들어선 순간 숨이 멎는 줄 알았다. 기가 쫙쫙 빨리는 으스스한 느낌 때문이었다. 그곳은 마치 신당 같은 곳이었는데 사방에 사천왕과 신녀를 비롯한 온갖 인물이 형형색색으로 그려져 있고 문과 창문마다 오색 구슬발이 드리워져 있었다. 게다가 여기서기 피워 놓은 촛불과 향불, 신단 한가운데에 놓인 정체 모를 신

* 성수청(星宿廳) : 조선 시대에 무녀로 하여금 국가와 왕실의 복을 기원하게 하기 위해 설치했다고 전해지는 관서. 도무녀는 성수청의 우두머리 무녀를 말한다.

상이 으스스한 분위기를 보탰다.

'여기가 어디야? 사이비 종교 신당인가? 나 혹시 제물로 바쳐지는 거?'

체리는 잔뜩 긴장했다. 그런데 여인은 신단 앞으로 나가 두 팔을 벌리고 주문 같은 걸 읊조리더니 가까이 오라며 손짓했다. 체리가 머뭇머뭇 다가가자 여인이 근엄한 목소리로 말했다.

"잘 들어라. 이곳으로 말할 것 같으면 조선 왕실을 지키는 신성한 성수청이고, 나로 말할 것 같으면 성수청 수장인 도무녀이며, 너로 말할 것 같으면 미래국 대한민국에서 조선으로 왔느니라."

'뭐, 성수청 도무녀? 내가 조선 시대로 왔다고? 이게 무슨 귀신 씻나락 까먹는 소리?'

"장난하세요? 내가 왜 조선 시대로 와요?"

체리는 까무러칠 듯 놀라 소리쳤다. 그러나 도무녀는 못 들은 척 제 말만 할 뿐이었다.

"이에 하늘의 뜻을 알리노니, 아까 그분을 따라가되 누구에게든 미래국 출신임을 발설해선 아니 되느니라."

체리는 머리끝이 쭈뼛 곤두섰다. 꿈인가 싶어 볼을 꼬집어 봤다. 아팠다. 너무 아팠다. 그럼 꿈이 아니란 건데 도무지 이 상황을 이해할 수가 없었다.

"헛소리 말고 얼른 풀어 줘요!"

"어허! 신성한 성수청에서 어찌 목소리를 높이느냐! 너 스스로 원해서 조선 땅에 떨어졌거늘, 이걸 봐도 모르겠느냐?"

도무녀가 쩌렁쩌렁하게 야단을 치며 작고 네모반듯한 초록색 케이스를 열어 보였다. 뚜껑 안쪽에는 동그란 거울이 달려 있었다.

'엇, 저것은!'

순간, 조금 전의 일이 머릿속을 스치고 지나갔다.

* * *

"언니, 이게 요즘 젤로 핫한 신상 셰이딩 맞죠?"

화장품 매대를 살펴보던 체리는 네모난 초록 케이스를 발견하자마자 판매원에게 물었다. 유튜브 뷰티 채널에서 봤던 신상 셰이딩을 사러 하굣길에 화장품 가게에 들른 참이었다. 눈매며 볼이며 입술이 온통 반짝반짝한, 블링블링 메이크업을 한 판매원이 웃으며 대답했다.

"맞아요, 나온 지 한 달도 안 됐는데 완전 인기 폭발이야. 가성비 갑템에 핫템 될 기세라니까. 케이스도 엄청 예쁘죠?"

"네, 진짜 예뻐요."

정말이지 신상 셰이딩은 체리가 보기에도 케이스부터 남달랐다. 셰이딩류를 비롯한 파우더 케이스가 대부분 원형인 데 비해 이 신상은 네모난 형태에 색깔마저 초록이었다. 무엇보다도 발색과 발림성이 뛰어나고 보정 효과까지 있어서 이른바 '성형 메이크업' 채널을 진행하는 유튜버마다 꼭 써 보라고 추천하는 제품이었다. 간밤에 먹은 라면 때문에 생긴 부기도 감쪽같이 가려 주고, 납작코는 한층 높게, 통통 볼살은 날렵한 V라인으로 만들어 준다나.

"셰이딩을 잘못하면 분장한 뮤지컬 배우처럼 되잖아. 근데 이건 아무리 화알못이라도 쓱쓱 브러시질만 하면 확실한 윤곽이 생겨요. 봐 봐, 나도 이걸로 셰이딩했거든요."

판매원이 자기 얼굴을 체리에게 들이밀었다. 자세히 보면 납작코에 통통한 얼굴이 분명한데, 얼핏 보면 콧대도 오뚝하고 턱이 갸름한 것이 V라인이 살아 있는 듯했다.

"우아, 진짜 이 셰이딩만으로 요렇게 된 거예요?"

"그렇다니깐. 학생도 한번 써 봐요. 금세 오뚝코에 V라인 얼굴이 될 테니까."

"네, 자세히 좀 보고요."

"그래요."

판매원이 다른 쪽으로 간 사이 체리는 초록 케이스를 열어 보았다. 그 안에 동그란 거울이 붙어 있고 밑으로는 빛깔 고운 삼색 셰이딩이 담겨 있었다.

'이 셰이딩으로 화장하면 얼굴이 좀 갸름해지고 윤곽도 생길까? 조선 미녀 말고 21세기 조각 미녀로 거듭날 수 있을까?'

체리는 셰이딩 거울에 얼굴을 이리저리 비춰 보았다. 오늘따라 유난히 얼굴이 마음에 안 들었다. 길고 가느다란 외까풀 눈, 동글

납작한 코, 통통하고 발그레한 볼, 작아서 답답해 보이는 입술까지 모두. 피부 미인이라 피부가 맑고 하얀 것이 그나마 다행이었다.

문득 친구들이 붙여준 별명이 생각났다. 친구들은 체리를 '오리지널 조선 미녀'라는 뜻에서 '오조미'라고 불렀다.

—강체리 얘는 꼭 신윤복 〈미인도〉에서 갑툭튀 한 것 같지 않니?

—내 말이. 조선 시대에 태어났으면 최고 미녀였을걸!

이런 이유로 친구들은 '오리지널 조선 미녀'란 닉네임을 체리에게 선사했다. 쳇, 오리지널 조선 미녀라니……. 촌발 날리는 얼굴이란 뜻이잖아. 체리는 셰이딩 거울을 보며 한숨을 내쉬었다.

"조선 시대라면 먹힐 미모인데. 차라리 조선 시대로 가 버렸으면……."

순간, 거울이 울렁울렁하며 원뿔 모양으로 작아지더니 체리를 훅 빨아들였다. 체리는 블랙홀처럼 캄캄한 미로 속으로 휙 빨려 들어가고 말았다.

혹시 저 인간이 채홍사일지라도

'그러니까 셰이딩 거울에다 대고 조선 시대로 가 버렸으면, 이라고 하는 바람에 조선 시대로 다이빙한 거야? 타임 슬립은 사극 드라마 여주나 하는 줄 알았는데 이런 울트라 스펙터클한 일이 나한테 생길 줄이야!'

체리는 기가 막혔다. 순간, 얼마 전 돌아가신 할머니 말씀이 머릿속에 떠올랐다.

—말이 씨가 되는 법이니 늘 입조심 말조심 해야 하느니라. 입방정 떨면 안 된다.

'헐, 할머니 말대로 정말 말이 씨가 돼서 이렇게 된 거야? 그럼 이제 어떡하지? 고리타분한 조선 시대에 어찌 살며, 21세기로는 어떻게 돌아가지? 인신매매범이나 사교 집단에 납치된 게 아니란

걸 다행으로 여겨야 하나? 휴우~'

체리의 속마음을 읽은 듯 도무녀가 말했다.

"이제 이해가 되느냐? 네 스스로 조선에 오고 싶어 해서 왔다는 것 말이다."

"진심으로 한 말이 아니라고요! 그냥 툭 튀어나온 말이라고요! 당장 21세기 대한민국으로 돌아갈 거예요!"

체리는 급히 셰이딩 케이스를 찾았다. 이곳으로 올 때처럼 거울을 보면서 대한민국으로 가겠다고 말하면 돌아갈 수 있을 테니까. 하지만 케이스는 온데간데없고 도무녀는 기막힌 이야기만 계속할 뿐이었다.

"녹색 분첩을 찾는 게냐? 내가 잘 보관하고 있다가 돌려줄 테니 걱정 마라. 그리고 명심하거라. 네가 공연히 조선 시대로 떨어진 게 아니다. 막중한 임무가 있어 온 것이고, 그 임무를 완수해야만 1년 후에 미래국으로 돌아갈 수 있다. 오늘이 칠석이니, 잘만 하면 내년 칠석날엔 돌아갈 수 있을 게다."

"뭐라고요? 조선에서 1년이나 썩어, 아니 있어야 한다고요? 막중한 임무는 또 뭔데요?"

"임무가 뭔지는 스스로 찾아내거라. 그것을 찾아내는 것도 임무니까. 아까 그분을 따라가면 뭘 해야 하는지 실마리를 얻을 수 있을 게다."

"예에? 아까 그분이 누군데요? 어디로 가는데요?"

"모든 것은 네 스스로 알아내야 한다. 임무도, 그것을 완수할 작전이나 방법도."

갈수록 태산이라 체리는 눈앞이 캄캄했다. 바깥에서 '아까 그분' 목소리가 들린 것은 그때였다.

"많이 기다려야 하오? 내가 다망하여 속히 갔으면 하는데."

"예, 곧 데리고 나갈 테니 잠시만 기다려 주시지요!"

도무녀가 황급히 대답하더니 체리에게 속닥거렸다.

"조선에서의 네 신분을 말해 주겠다. 너 강체리는 충청도 충주골의 한빈한 양갓집 규수로서 최근에 역병으로 부모님을 여읜 것으로 돼 있다. 그리 알고 처신하되, 미래국 출신이라는 걸 누구에게도 말하면 안 된다."

"내가 왜 부모님을 여의어요? 건강히 살아 계시다고요!"

체리가 소리쳤지만 도무녀는 다짜고짜 초록색 쓰개치마를 씌워 앞뜰로 데리고 나왔다.

"기다리시게 해 송구하옵니다. 이제 데려가시지요."

도무녀의 말이 끝나자 꽃선비가 체리에게 눈길을 주었다.

"낭자, 갑시다. 나는 말을 타고 갈 테니 낭자는 가마를 타시오."

'뭐, 가마? 가마든 KTX든 헬리콥터든 교통수단이 뭔 상관이야! 목적지랑 미션이 중요하잖아, 이 양반아! 그리고 어디로 가는 건데, 뭐 하러 가는 건데!'

이런 생각이 머릿속을 뱅뱅 맴돌았지만 워낙 이해 불가능한 상황인지라 미처 말을 내뱉진 못했다. 그런데 문득, 사극에서 봤던 '채홍사'* 가 떠오르는 게 아닌가.

'어, 이 인간 채홍사 아냐? 연산군 때인가, 전국의 처녀들을 싹 쓸어다가 대궐로 데려갔다는 그 채홍사. 그러니까 도무녀는 처녀들을 끌어모으는 역할, 꽃선비는 처녀들을 대궐로 데리고 가는 채홍사? 헉! 맞는 것 같아. 대한민국에선 안 먹히던 내 얼굴이 조선에선 천하절색으로 꼽혀서 대궐로 끌려가는 거야. 도무녀가 신통력으로 미래국을 샅샅이 뒤져서 날 불러들인 게 틀림없어. 안 돼! 열여섯 내 순정을 포악한 연산군한테 바칠 수는 없어. 탈출해야 해!'

체리는 다급했다. 하지만 신통력으로 무장한 도무녀의 눈을 피해 탈출할 수 있을지 영 자신이 없었다.

'어떡하지, 강체리? 빨랑 생각해 봐.'

체리는 있는 대로 머리를 쥐어짜다가 결국 이렇게 결심했다.

'강체리, 넌 '오조미' 말고 '초긍정녀'라는 별명도 있잖아. 피할 수 없다면 부딪치자! 타임 슬립을 해서 조선 시대로 온 건 분명한 것 같으니……. 설사 저 인간이 채홍사일지라도 맞서 싸워 보자! 긍정으로 무장한 초긍정녀답게!'

그때 앞서 걷던 꽃선비가 갑자기 뒤돌아보며 말했다.

"참, 나는 효림 대군이라 하오. 성은 강씨라 들었소만 낭자 이름

* 채홍사(採紅使) : 조선 연산군 때, 궁중에 필요한 미녀를 뽑으려고 전국에 파견했던 벼슬아치.

은 어찌 되오?"

"네? 저는 체리예요, 강체리."

얼떨결에 통성명은 했지만 체리는 내심 크게 놀랐다.

'채홍사가 아니고 대군이라고? 대군이라면 왕자? 조선 시대 대표 대군은 양녕 대군, 수양 대군이지. 하지만 사극 마니아로서 효림 대군이란 이름은 들어 본 적 없는데? 듣보잡인가?'

꽃선비가 조선 왕실의 대군이라 해서 기죽은 건 결코 아니었다. 21세기 대한민국 중딩으로 나름 효림과 대적할 만하다는 근자감이 불쑥 생겼으므로.

'당신은 조선의 왕자라지만 난 최첨단 과학기술과 문화예술이 마구마구 발달한 21세기 대한민국의 당당한 중딩이거든. 누구도 못 건드린다는 중2도 거뜬히 패쑤한 중3.'

무엇보다도 수상한 꽃선비가 채홍사가 아니라는 사실에 마음이 놓였다. 설마 조선 왕실의 대군씩이나 되는 사람이 허튼 짓은 안 하겠지 싶었다. 대군은 대군이되 유명 대군이 아닌 점도 마음에 들었다. 조선 역사에 길이 남은 유명 대군이라면 아무래도 좀 부담스러울 테니까.

'근데 나이는 어찌 되지? 내 또래인 것도 같고, 두어 살 많아 보이는 것도 같은데? 대군이면 또 뭐라고 부르지? 대군님? 대군마마? 신분 사회인 조선에서 반말할 수도 없고 난감하네.'

생각 끝에 직접 부를 때는 최대한 호칭을 생략하거나 '저기'라고 하고, 어쩔 수 없는 상황에서만 '대군마마'라고 부르기로 했다. 조선 시대에 온 이상 대군씩이나 되는 자를 함부로 부를 수는 없을 테니까. 그리고 혼자서는 그냥 '꽃선비'라고 하기로 했다.

그러고 나니 마음에 여유가 생기고 조금은 편안해졌다. 이름과 신분도 알았겠다, 내처 궁금한 걸 물어보기로 했다.

"저기, 근데 지금 어디 가는 거예요?"

"가 보면 알 것이오."

통성명했을 때와는 달리 효림은 무척 까칠하게 대답했다.

'참 나, 말해 주면 어디가 덧나나? 이럴 거면 신분은 왜 밝히고 통성명은 왜 했어? 대군씩이나 되는 사람 인간성이 바닥이로군. 아님 사극 로맨스에 흔히 나오는 츤데레 스타일인가?'

자존심이 상해 더는 말을 붙이지 않고 체리는 입을 꼭 다문 채 따라갔다. 당신이 안 가르쳐 주면 내 직접 알아내리, 이렇게 앙심을 품고서.

조금 뒤 성수청의 높다란 대문 앞에 이르자 효림이 말에 올라탔다. 호위무사인 듯 검은 옷을 입고 장검을 찬 사내도 말에 올랐다. 따그닥따그닥 요란한 말발굽 소리가 흙먼지와 함께 사방으로 울려 퍼졌다.

체리도 대문 앞에 있던 가마에 올라탔다. 난생처음 타 보는 가마 안은 덥기도 덥고 이리저리 흔들려 멀미가 날 지경이었다. 급기야 쓰개치마를 벗고 가마 창을 조금 열었다. 바람이 들어오자

가까스로 멀미가 잦아졌고 그제야 조선의 수도, 한양의 한여름 풍경이 눈에 들어왔다.

길가에 나뭇짐을 부려 놓고 시끌벅적 놀음판을 벌인 더벅머리 총각들, 아름드리 소나무 그늘에서 장기를 두는 노인들, 허리와 다리에 샅바를 두르고 씨름하는 사내들, 냇물에서 물고기를 잡는 아이들, 화려한 옷을 차려입고 거리를 활보하는 기녀들, 파릇파릇 벼가 커 가는 들판에서 일하는 농부들.

한양 풍경에 빠져 있는 사이 목적지에 다다른 가마가 멈췄다. 체리는 쓰개치마를 다시 두르고 가마에서 내렸다. 효림과 호위무사는 이미 말에서 내려와 있었다.

두 남자의 등 뒤로 집채가 겹겹이 늘어선 커다란 기와집이 보였다. 솟을대문의 현판에는 '蘭香堂'이라는 한자와 함께 그 아래에 '난향당'이라는 작은 한글이 새겨져 있었다. 혹시 대궐로 가나 했는데 그저 권세 높은 명문 세도가 같았다.

효림을 따라 솟을대문을 넘고 겹겹이 배치된 중문을 지나 안으로 들어갔다. 불안했지만 그를 따라가는 것 말고는 달리 방법이 없었다. 그런데 마주치는 사람들마다 체리를 흘깃흘깃 훔쳐보며 수군거리는 게 아닌가.

"어디서 온 낭자길래 저리 곱지? 절세가인에 경국지색일세."

"그러게. 황진이 뺨을 쳐도 쌍으로 치겠어."

"저 이목구비 좀 봐, 신윤복의 〈미인도〉에서 금방 튀어나온 미인

같구먼."

체리는 어안이 벙벙했다. 21세기 미래국에서의 별명이 '오리지널 조선 미녀'였기로서니, 조선 시대에 와서 정말 이렇게 울트라 슈퍼 미인 취급을 받을 줄은 몰랐기 때문이다.

그런 말을 들으며 걷다 보니 어느새 신비롭고 아름다운 별당 앞에 이르렀다. 본채와 안채에서도 꽤 떨어져 있고, 널따란 화원과 연못을 갖춘 곳이었다.

"듭시다. 어쨌든 인사는 해야 하니."

효림의 말에 체리는 쓰개치마를 벗어 들고 조마조마한 마음으로 따라 들어갔다. 대청마루를 지나 좁다란 복도로 접어들자 상궁과 나인으로 보이는 여인 둘이 어느 방문 앞에 서 있었다. 효림이 가까이 가자 그중 한 여인이 고했다.

"대군마마 납시었습니다!"

안에서는 아무런 대꾸가 없었지만 효림은 성큼 안으로 들어갔다. 그가 눈짓으로 신호를 보내기에 체리도 뒤따라 들어갔다. 방은 말하나 마나 여인의 방이었다. 붉은 모란꽃이 그려진 병풍, 자개가 박힌 나전 문갑, 들창마다 드리워진 오색 구슬발, 탁자 위에 놓인 꽃병, 꽃무늬가 새겨진 반닫이, 방 안 가득 풍기는 은은하고 달콤한 향내. 이 모든 것이 그걸 증명해 주고 있었다.

'어, 효림 대군 와이프 방인가? 솜털도 다 안 가신 것 같은데 벌써 혼인을? 하긴 조선 시대에는 이팔청춘 안팎에 시집 장가를 갔

으니 뭐라 할 것은 아니겠네. 근데 방 주인은 어디 있지?'

그때 효림이 다정한 목소리로 말했다.

"효연아, 또 자수를 놓던 중이더냐? 오라비가 왔으면 알은체 좀 하거라."

'엇, 대군이 오라비라면 이 방 주인은 공주?'

그제야 방 한구석에 앉아 수를 놓고 있는 소녀가 보였다. 체리 또래 같기도 하고 조금 더 어려 보이기도 하는 얼굴이었다. 그러나 공주는 아무 대꾸 없이 수틀에 얼굴을 박고 주구장창 수만 놓았다.

"오라비 왔대두. 고개 좀 들어 보렴."

효림이 재촉을 하고서야 공주는 고개를 들었다. 알맞게 또렷한 쌍까풀, 그 아래 반짝이는 커다랗고 까만 눈망울, 손을 대면 베일 듯 오뚝하고 날렵한 콧날, 조금 큼직하면서 도톰한 입술, 볼살과 턱살이 하나도 없는 V라인 턱, 사슴처럼 길고 가느다란 목…….
약간 까무잡잡한 피부가 흠이라면 흠일 뿐, 공주는 엄청난 미모의 소유자였다. 연분홍 저고리와 비취색 치마 속에 담긴 몸매도 불면 날아갈 듯 여릿여릿한 55사이즈임에 분명했다.

'우아! 조선 시대에도 이런 조각 미녀 스타일이 있구나!'

체리가 속으로 감탄해 마지않는데, 다시 효림이 말했다.

"효연아, 도무녀가 새로 데려온 낭자다. 얼굴이라도 익혀 두렴."

마지못한 듯 공주가 천천히 체리를 올려다보았다. 순간, 공주의 커다란 두 눈이 더 커다래졌다. 하지만 이내 눈길을 거두고 다시 수틀에 얼굴을 박았다.

말 한마디 안 하는 데다 뭔가 평범하지 않은 공주를 보는 순간, 체리는 직감적으로 확신했다.

'오홋! 공주 관련 미션이다! 저 공주, 뭔가 수상쩍잖아? 공주와 관계있는 게 분명해!'

클렌징폼 대신 팥가루, 스킨 대신 미안수

"으아악!"

체리는 비명을 지르며 이부자리에서 벌떡 일어났다. 날이 희붐하게 밝아오는 새벽이었다.

또 악몽을 꾸었다. 이번엔 사약을 받고서 억울하다, 당장 21세기로 돌려보내 달라고 악을 쓰는 꿈이었다. 그러나 궁녀들은 벌떼처럼 달려들어 체리의 입에 사약을 사발째 들이부었다. 꿈이었으니 다행이다 싶으면서도 가슴이 헛헛했다.

"꿈도 참 디테일하네. 엊그제는 엄마 아빠 품에 안기는 꿈을 꿨는데."

잠이 묻어 흐릿한 시야가 조금씩 환해지면서 방 풍경이 하나둘 또렷해졌다. 진분홍 국화 꽃잎을 넣어 바른 창호지문, 고동색 나무

반닫이, 자개 문갑, 조그만 들창. 아니길 바랐는데 어제 그 공간 그대로였다. 흐으윽. 체리는 울음을 터뜨렸다.

조선에 떨어진 지 이제 겨우 사흘이 지났다. 그건 앞으로 362일을 더 견뎌야 한다는 말이다. 아니, 그 이후에 21세기로 돌아갈 수 있다는 보장도 없었다. 조선에서의 삶이 일 년으로 끝나지 않을지도 모른다. 임무를 완수하지 못하면 영영 이 고리타분한 조선 시대에서 계속 살아야 할 수도 있으니……. 생각만 해도 서럽고 아찔해서 눈물이 펑펑 솟았다.

스마트폰도 컴퓨터도 자동차도 지하철도 없는 세상. 수돗물도 수세식 화장실도 없고, 한여름에도 치마저고리를 입어야 하는 곳. 무엇보다 엄마 아빠도 친구도 BTS도 없는 곳. 라면도 피자도 치킨도 햄버거도 돈가스도 달고나라테도 콜라도 없는 곳. 게다가 스스로 미션을 찾아 완수해야만 21세기로 돌아갈 수 있다니…….

'이런 날벼락이 어디 있어? 더구나 아무도 내가 조선 시대로 타임 슬립한 걸 모를 거야. 사흘째 행방불명 상태일 테니까. 엄마 아빠는 멘붕이 돼서 실종 신고를 하고 나를 찾아 방방곡곡 헤맬 테지. 친구들은 조선 미녀 실종 사건에 놀라 자빠졌을 테고.'

생각할수록 기가 막혔다. 그런데 다시 생각해 보니 그게 아니었다.

'아냐, 엄마 아빠나 친구들은 내가 사라진 걸 전혀 모를 것 같은데? 드라마나 영화를 보면 판타지 공간에서 아무리 오래 있다가 돌아가도 현실의 시간은 일 초도 안 지났거나, 겨우 몇 분 정도만

지나 있기도 하잖아.'

여기까지 생각이 미치자 정신이 번쩍 들었다.

'헐! 그럼 21세기 대한민국에서 내가 실종된 거 아무도 모르겠네? 그러니까 여기에서 나 혼자 고군분투 생쇼하고 있는 거네? 이러고 있을 때가 아니야. 어서 조선 시대를 빠져나가야 해!'

그나마 다행인 점은 나름 치밀한 조사 끝에 사흘 동안 두 가지 중요한 사실을 알아냈다는 것이다. 하나는 이곳이 공주와 대군의 외가인 난향당이라는 것, 또 다른 하나는 무슨 병인지는 모르지만 공주가 요양차 대궐을 떠나 난향당에 피접을 와 있다는 것이다. 이 두 가지만 봐도 미션이 공주와 관련된 것임은 명확해지고 있었다. 처소가 난향당에서도 깊숙한 곳에 있는 서별당으로 정해진 것도 다행이었다. 본채와 안채는 물론 공주가 머무는 동별당과도 떨어져 있어 나름 독립성이 보장되기 때문이었다. 체리는 눈물을 훔치고 마음을 고쳐먹었다.

'좋게 생각하자. 이 정도면 꽤 괜찮은 조건으로 타임 슬립 한 거잖아. 비록 부모는 여의었어도 양갓집 규수 신분에, 아담하고 예쁜 별당에, 한솥밥 먹는 성주댁이랑 연화도 있고, 까짓것 일 년 안에 미션만 완수하면 되잖아? 노비나 기녀 같은 신분으로 타임 슬립 했으면 어쩔 뻔했어? 그러니 이 상황을 긍정적으로 받아들이고 최선을 다해 적응하고 미션도 본격적으로 수행해 보자. 치렁치렁 치마저고리 사시사철 입어 주면 그만이고, 피자랑 라면 대신 밀전병이랑 밀국수 먹어 주면 되고, 구두나 운동화 대신 꽃신 신어 주면 되고, BTS 노래 대신 사물놀이나 풍악소리 즐기면 그만이고.'

이러고 있는데 밖에서 연화 목소리가 들렸다.

"아기씨, 일어나셨지요? 세안수 들이겠습니다."

"어? 그래."

연화가 맑은 물이 찰랑찰랑 담긴 놋대야를 들고 들어왔다. 성주댁이 살림을 도맡아 하는 부엌어멈이라면, 체리와 동갑인 연화는 몸종 겸 신변을 지켜 주는 보디가드였다. 몸매가 어찌나 호리호리한지 저런 아이가 무슨 보디가드를 할까 싶지만, 검은 장포를 입고 어깨 위까지 오는 긴 칼을 차기만 하면 눈빛 매섭고 당찬 무사로 변신하는 신기한 아이였다. 단단하고 야무진 데다 정도 많은 아이여서 체리는 연화가 마음에 쏙 들었다.

"팥가루여요. 안채에서 얻어 왔는데, 오늘은 이걸로 세안해 보셔요. 어제 쓰신 녹두가루보다 거품도 많이 나고 피부도 훨씬 뽀얘진대요. 아기씨야 워낙 도자기 피부시지만요."

연화가 조그만 사기그릇을 내밀며 뚜껑을 열었다. 팥죽색 고운 가루가 가득 들어 있었다.

세안에는 클렌징폼이나 각질 제거 크림을 써야 하지만 여기는 조선 시대니 어쩌겠나. 체리는 팥가루를 물에 개어 얼굴에 비빈 다음 맑은 물로 여러 차례 헹궈 냈다. 그런데 오마낫, 이 팥가루 좀 보게. 거품도 보글보글, 피부도 뽀송뽀송. 21세기 클렌징폼 저리

가라 할 정도가 아닌가?

“녹두가루보다 진짜 좋구나. 얼굴이 상큼상큼해진 느낌이야.”

수건으로 물기를 닦으며 말하자 연화가 해맑게 웃었다.

“그렇죠? 팥가루가 세안제 중엔 최고급이니까요. 미안수*도 발라 보셔요. 어제 갖다드린 거 안 쓰셔서 속상했거든요. 이것도 고급진 건데…….”

연화가 화장 도구함에서 조그만 백자병을 꺼내 건넸다. 안에는 수세미즙 미안수가 담겨 있었다. 사실 연화가 화장품과 화장 도구들을 잔뜩 챙겨다 줬지만 체리는 한 번도 쓰지 않았다. 예전에 화장품을 잘못 썼다가 얼굴 가득 뾰루지가 나서 크게 고생한 기억도 있고, 조선 시대 화장품 품질에 믿음이 가지 않았다. 하지만 녹두가루와 팥가루를 써 보니 조선 화장품에 살짝 믿음이 생기면서 미안수에도 관심이 갔다.

‘그래, 오늘부터 미션을 본격적으로 수행하기로 했으니 기념 삼아 수세미즙 미안수 한번 발라 볼까.’

체리는 미안수를 조금 덜어 얼굴에 톡톡 발라 보았다. 웬걸! 초록초록 하고 고급진 향이며, 빛의 속도로 피부에 스며드는 듯한 촉촉함이 스킨에 뒤지지 않았다.

“이거 괜찮은데?”

* 미안수(美顔水) : 피부에 수분을 주어 피부 표면을 다듬는 화장수. 요즘의 스킨 토너 격이다.

"그렇죠? 운종가* 최고 분전**에서 파는 거라 충주골 미안수하고는 차원이 다를 거예요. 분이랑 연지도 발라 보셔요. 바르면 얼마나 더 고와지실까. 지금도 선녀처럼 고우신데."

"뭐? 선녀?"

"그럼요. 아기씨처럼 고우신 분은 처음 본다니까요."

'어이쿠, 이 시력 나쁜 아이를 어찌할꼬. 대한민국으로 데려가 21세기 미녀들을 보여 줄 수도 없고.'

화장품이라면 시대 불문하고 무조건 관심이 많은지라 연지를 발라 보고 싶기는 했다. 그런데 분가루야 분첩에 묻혀 얼굴에 두드리면 되겠지만 연지는 어떻게 사용하는지 알 수가 없었다. 조그만 종지에 들어 있는 도장 인주 같은 걸 어설프게 발라 봤다가 도깨비 얼굴이라도 되면 큰일이다 싶기도 했다.

"연지는 다음에 발라 볼게. 날도 덥고 하니."

실수라도 할까 봐 체리는 더위 핑계를 댔다. 나중에 몰래 발라 볼 양으로.

"그러셔요. 그럼 머리 땋아 드릴게요."

연화가 치렁치렁한 체리의 긴 머리를 땋아 묶고 꽃분홍 댕기까지 드리워 줬다. 그렇게 단장을 마치고 나니 스스로 거울에 비춰 봐도 제법 아리따웠다.

* 운종가(雲從街) : 지금의 서울 종로 네거리를 중심으로 한 곳을 조선 시대에 이르던 말.

** 분전(粉廛) : 조선 시대에 분가루를 비롯한 화장품을 팔던 가게.

체리는 아침을 대충 먹고서 서별당을 나섰다. 난향당 여기저기를 돌아다니다 보면 특급 정보라도 얻을 수 있지 않을까 싶어서. 쨍쨍 내리쬐는 여름 햇살 아래 나지막한 꽃담을 따라 걷자 아담한 중문이 나왔다. 중문으로 들어가니 오솔길이 펼쳐지고 꽃들이 오롱조롱 핀 후원과 연못, 멋들어진 누각이 보였다. 누각 쪽으로 가보고 싶어 오솔길로 접어들었다.

후원을 지나 연못가에 있는 누각 가까이 갔을 때였다. 도란도란 말소리가 들리나 싶더니, 우거진 나무와 꽃들 사이로 효림 대군이 웬 댕기머리 낭자와 이야기를 나누는 모습이 보였다.

'엇, 저 이가 왜 저기 있지? 댕기머리는 누구고?'

체리는 잠복 형사처럼 나뭇잎 사이로 몸을 숨긴 채 두 사람을 살펴보았다. 댕기머리 낭자는 백옥 같은 피부에 단아한 이목구비를 갖춘 한 떨기 꽃송이 같은 규수였다. 옷맵시도 화려하거니와 귀밑머리에 꽂은 나비잠, 저고리 고름에 매단 노리개, 치맛자락 아래로 살짝 드러난 꽃신까지 차림새로 보나 기품으로 보나 지체 높은 명문 세도가 낭자임이 틀림없었다.

'뉘 집 처자인지 미모 한번 고급지고 패셔너블하네. 엄친딸에 한양 최고 퀸카인가?'

효림의 말소리가 또렷이 들려온 건 그때였다.

"낭자께서 난향당을 자주 찾아 주니 얼마나 고마운지요."

"별말씀을요. 자주 오고 싶어도 그러지 못해 송구한걸요."

퀸카 낭자가 은쟁반에 옥구슬 굴러가는 목소리로 또랑또랑 대답했다.

"아무튼 소향 낭자께서 지금처럼 계속 온정을 베풀어 주시면 고맙겠소. 내가 바라는 건 그것뿐이라오."

'저 낭자 이름이 소향이구나. 근데 온정을 베풀라니, 누구한테, 대군한테? 설마 애정을 구걸하는 건가? 까칠까칠 츤데레 스타일인 줄 알았는데 아닌가?'

사극을 보는 듯 흥미진진해서 체리는 다음 장면을 기다렸다. 그런데 소향이 얼굴을 발갛게 물들인 채 이렇게 대답하는 게 아닌가.

"예, 대군마마 심정이 곧 제 심정이지요. 성심을 다하겠습니다."

'헐! 성심을 다한다니, 무슨 뜻이야? 둘이 썸 타는 중? 더는 못 듣겠네.'

체리는 민망해서 얼른 뒤돌아섰다. 초중등 정규 교육과정에 따라 나름 착실하게 도덕 교육을 받은 몸인지라 남녀가 썸 타는 모습을 엿보는 게 아무래도 비도덕적이라 생각됐기 때문이다. 특히나 효림이 다른 규수와 썸 타는 장면이라면 왠지 더는 보고 싶지 않았다. 그런데 몇 걸음 떼기도 전에 높다란 소향의 목소리가 귓전으로 날아왔다.

"대군마마께선 어찌 그런 말씀을 하십니까? 그런 일이 공주마마께 또 일어나서야 되겠습니까?"

조금 전 다소곳하던 말씨와는 달리 파르르 떠는 목소리였다. 이번엔 효림의 목소리가 이어졌다.

"진정하시오. 내게도 귀한 누이라오."

체리는 귀가 번쩍 뜨였다.

'어? 두 사람이 썸 타는 게 아니고 공주 일을 상의하는 거 같은데?'

아니나 달라, 소향의 말씨가 한껏 수그러들었다.

"목청을 높여 송구합니다. 저보다 대군마마께 더 귀한 공주마마이시지요. 그런데 대군마마께서 부정적인 말씀을 하시기에 그만……."

효림의 말투는 여전히 차분했다.

"둘도 없는 단짝이니 소향 낭자의 안타까운 마음을 어찌 내가 모르겠소? 다시 한번 그런 일이 일어났다간 정말 돌이킬 수 없을 거라 나도 생각하오. 지난번엔 일찍 발견해서 큰 탈이 없었지만……."

"예, 그래도 말씀을 잃으신 건 보통 일이 아니지요. 제가 아무리 말을 붙여도 꿈쩍도 안 하시니 가슴이 미어집니다."

"그러게 말이오. 오죽하면 오라비인 나한테도 말 한마디를 안 할까요."

둘의 대화를 본의 아니게 엿듣게 됐지만 체리는 속으로 쾌재를 불렀다.

'아, 공주가 말을 안 하는 게 아니라 실어증에 걸린 거구나. 역시

공주 관련 미션이 맞구나! 오케이!'

머릿속이 빠르게 회전하면서 자동반사적으로 미션명도 떠올랐다. 이름하여 '얼음 공주 말문 열기'! 공주가 말을 잃었으니 그것을 해결하는 게 미션이 아니면 뭐겠는가?

그런데 공주가 왜 말을 잃었는지를 알아야 말문도 열 수 있을 텐데 그 의문까지는 풀 수 없었다. 효림과 소향이 자리를 그만 파하려 했으므로.

체리도 발소리를 죽이며 그 자리를 살금살금 빠져나왔다. 두 사람에게 행여 들킬세라 조마조마하면서도, 미션의 실마리를 찾은 것 같아 마음이 흐뭇했다.

산앵두처럼 상큼한, 배꽃처럼 환한

서별당으로 돌아온 체리는 연화에게 앉은뱅이책상과 지필묵을 가져다달라고 한 후 대청마루에 앉아 마음을 가다듬었다.

'지금은 내 인생에서 어마어마하게 중요한 시기야. 21세기 대한민국으로 돌아갈 것이냐, 조선에 짱박혀 살 것이냐를 판가름할 일생일대의 초특급 미션을 완수해야만 하는 때이니까. 일단 미션 전략을 단계별로 꼼꼼히 짜 보자. 내가 이래 봬도 스케줄러의 여왕 아니었니. 스케줄러 짜던 실력을 여기서도 발휘해 보는 거야.'

미션 제목과 단계별 작전을 종이에 적어 벽에 붙여 놓고, 자나 깨나 앉으나 서나 미션 완수를 위해 달려갈 셈이었다. 그런데 곰곰 생각하니 미션 제목이 살짝 마음에 걸렸다.

'얼음 공주 말문 열기? 이 제목은 아닌 것 같은데? 공주가 말을 안 해서 얼음처럼 차가운 게 아니고, 뭣 때문인지는 몰라도 실어증에 걸려서 말을 잃었잖아. 그렇담 미션 제목을 바꿔야 해.'

결국 체리는 그냥 무난하게 '공주마마 말문 열기'라고 제목을 붙이기로 했다.

때마침 연화가 앉은뱅이책상과 지필묵을 갖고 와 먹까지 듬뿍 갈아 놓고 갔다. 체리는 자세를 잡고는 붓에 먹물을 듬뿍 묻혀 종이에 글씨를 쓰기 시작했다. 반듯하게 펼쳐진 종이에 글자가 한 자 한 자 피어났다.

필승! 공주마마

오! 이게 웬일? 오랜만에 붓을 잡았건만 붓글씨가 술술 잘도 써졌다. 조선 어린이들을 모아 '강체리 조선 아동 붓글씨 교실'을 차려도 될 만큼. 초딩 때 서예학원에 맘 붙이고 열심히 들락거린 덕분인가? 체리는 신이 나서 제목에 이어 단계별 작전까지 내처 써 내려갔다.

필승! 공주마마 말문 열기 전략!

일. 공주마마께 얼굴을 들이댄다.

이. 공주마마께 이야기를 들이댄다.

삼. 공주마마의 마음 문을 살며시 연다.

사. 공주마마의 말문을 확 열어젖힌다!

그때 앞뜰에서 인기척이 나서 보니 효림 대군이 서성거리고 있었다. 체리는 너무 놀라 붓을 떨어뜨렸다. 츤데레 꽃선비가 여기까지 올 줄이야.

“아, 여기가 낭자 처소였소?”

효림이 대청마루 쪽으로 오면서 무심한 투로 물었다. 체리는 어이가 없었다.

‘아니, 나를 여기 난향당으로 데려왔고, 처소는 서별당이라고 정해 주기까지 한 사람이 그걸 몰라 묻소? 여기가 당신 외갓집이라면서 어디 어디에 뭐가 있는지도 모르시오?’

맘 같아서는 팍 쏘아붙이고 싶었으나 조선 왕실의 대군에게 일개 흙수저 규수가 그래선 안 될 것 같아 새침하게 대꾸하는 걸로 만족해야 했다.

“맞습니다. 근데 여기가 제 처소인 줄 모르고 오셨어요?”

“아, 그게, 낭자가 서별당에 머무는 건 알았지만 여기가 서별당인 줄은 몰랐소. 앞뜰에 자미화가 한창이기에 발길이 끌렸을 뿐. 외가라도 구석구석까지 알지는 못한다오.”

자미화가 무슨 꽃인지도 모르겠고 효림의 대사가 미심쩍기도 했지만 체리는 쿨하게 받아들였다.

“아, 그러시군요.”

그러자 효림이 이번엔 담장 아래 서 있는 커다란 나무들을 가리키며 엉뚱한 말을 했다.

"혹시 낭자 이름이 '산앵두나무 체(棣)'에 '배나무 리(梨)'를 쓰지 않소? 지난봄 저 담장에 산앵두꽃과 배꽃이 한창이었는데……."

산앵두나무 체, 배나무 리? '배나무 리' 자는 일찌감치 들어 봤지만 '산앵두나무 체' 자는 금시초문이었다.

'뭣보다도 내 이름은 엄마가 체리를 좋아해서 지은 이름이라고 하던데?'

그렇지만 조선의 왕자가 세상에 없는 한자를 만들어 말할 것 같지는 않아서 얼렁뚱땅 대꾸했다.

"맞아요. 산앵두나무 체, 배나무 리 자 씁니다."

"음, 별당이 임자를 제대로 만났군."

효림이 혼잣말을 하며 성큼성큼 걸어오더니 책상 위에 있던 종이를 집어 들었다.

"낭자가 쓴 것이오?"

'아, 그럼 내가 썼지 도깨비가 썼을까?'라고 말하고 싶었지만 이번에도 체리는 꾹 참고 대답했다. '참으로 명필이구려' 내지는 '달필이구려' 정도의 후속 멘트를 기대하면서.

"예, 제가 쓴 거예요."

그런데 잘 썼네 어떻네, 하는 말도 없이 효림이 이렇게 묻는 것이었다.

"그럼 이 '필승 공주마마 말문 열기 전략' 이건 뭐요? '공주마마께 얼굴을 들이댄다, 이야기를 들이댄다' 이건 또 뭐고?"

붓글씨 솜씨에 대해 어떠한 평가도 하지 않아 마음이 상했지만, 체리는 이거야말로 절호의 기회라고 생각했다. 미션을 제대로 찾아냈는지 확인할 수 있는 기회 말이다. 그래서 '왕자 찬스'를 써야겠다고 마음먹고 차근차근 설명했다.

"이게 뭐냐 하면요, '공주마마 말문 열기'는 제가 완수해야 할 미션~ 제목입니다."

효림이 눈을 둥그렇게 떴다.

"미션? 그게 뭐요?"

체리는 '아차, 또 영어를 썼네' 하면서 임기응변으로 둘러댔다.

"아, 미션이요? 임무요, 임무. 충청도에선 임무를 미션이라고 하거든요."

"아, 그렇소?"

"도무녀님이 저더러 임무가 뭔지 직접 찾아내서 완수하라고 했거든요. 그래야 미래, 아, 고향으로 돌아갈 수 있다면서요. 근데 며칠 동안 심층 조사한 결과 제 임무가 공주마마와 관계있다고 확신하게 됐고, 공주마마께서 말씀을 잃으신 것도 알아냈지요."

"임무가 공주와 관계있는 건 어찌 알고, 공주가 말을 잃은 건 어찌 알았소?"

"대군마마께서 저를 첫날에 공주마마한테 데려가셨잖아요. 그래서 공주마마와 관계있는 임무라고 생각했지요. 공주마마께서 말씀을 잃으신 건 첫날 뵀을 때 아무 말씀을 안 하신 데다."

다음 말을 이으려던 체리는 얼른 입을 다물었다. 까딱하면 '당신하고 소향 낭자가 나눈 이야기를 엿들었다오'라고 할 뻔했기에. 그러고는 시침을 뚝 떼고 순발력 있게 둘러댔다.

"좀 전에 말했다시피 심층 조사한 결과입니다. 아무튼 말씀을 잃으셨으니 말문을 열어 드려야 해서 임무명을 '공주마마 말문 열기'라고 정했어요. 그리고 임무를 제대로 완수하려면 차근차근 해야 하지 않겠어요?"

"그야 그렇지요."

효림이 고개를 끄덕끄덕했다.

"그래서 일단 제 얼굴을 자주 보여 드리고 좋은 이야기를 들려 드리자, 그러다 보면 공주마마가 마음 문을 여실 테고 그런 다음에 말문을 여실 수 있게 하자, 이런 단계별 작전을 세운 거예요. 제가 임무를 제대로 찾은 거 맞죠?"

체리는 나름 자신 있게 설명을 마치고 반응을 살폈다. 효림은 잠시 뜸을 들였다가 입을 열었다.

"실은 도무녀가 낭자의 임무와 관련해 어떠한 언질도 주지 말라 신신당부했소만, 누이의 일이니 그럴 수만은 없구려. 맞소, 낭자의 임무는 공주의 실어증과 관련된 것이오."

"역시 그랬군요."

체리는 기뻐서 손뼉을 쳤다. 그러고는 왕자 찬스를 쓰는 김에 내처 물었다.

"근데요, 공주마마님이 실어증에 걸리신 이유는 뭘까요?"

'대군 양반, 이 소녀 21세기에서 조선으로 끌려와 미션 수행하느라 머리 터질 지경이니 제발 힌트 좀 주소서' 이러면서. 간절한 바람이 통했는지 효림이 어두운 낯빛으로 입을 열었다.

"별고가 있었다오. 우리 공주가, 자진을 하려 했었소."

"예? 자진이라면 자, 살? 헉, 왜요?"

"이유는 모르오. 도무녀는 아는 듯한데 내게도 말을 안 해 주는구려. 낭자가 직접 알아내야 할 것이오."

체리는 안타까운 한편 이해가 되지 않았다. 금수저 중의 금수저, 아니 다이아몬드수저인 조선의 공주가 뭐가 아쉬워서 자살을 하려 했을까 싶어서. 그 미모에 그 권세에, 대체 뭐가 부족해서? 그러나 한편으로는 공주가 가엾게도 느껴졌다. 무슨 사연인지 몰라도 자살을 시도했을 정도라면 얼마나 힘들었을까 싶어서. 하지만 이내 현타가 오면서 가슴이 콱 막혀 왔다.

'아니, 내가 정신과 의사도 아니고 일개 중딩일 뿐인데, 자살을 시도했다가 실어증에 걸린 공주의 말문을 무슨 수로 연담? 화이트 마니아 도무녀가 뭘 단단히 잘못 알고 날 불러들인 거 아니야?'

갑자기 두통이 몰려와 머리를 감싸 쥐었다. 효림이 놀란 표정으로 물었다.

"어디 아프오? 갑자기 왜 그러시오?"

"예, 머리가 좀."

"몸매가 그리 가냘프니 몸이 약한 것이 아니오. 뭐든 많이 좀 먹어야겠소."

'헉! 그 말씀 레알이오? 158센티미터의 키에 55킬로그램의 몸무게를 넘나드는 육덕진 몸매를 가냘프다 하다니?'

난생처음 들어보는 말에 두통도 싹 가신 듯 체리의 머릿속은 금세 긍정 모드로 자동 전환됐다. 하긴 임무를 확인한 것만도 어디인가. 내년 칠석날이 되려면 아직 시간도 많으니 다른 건 차차 알아내면 될 것이다.

"예, 임무를 알아냈으니 본격적으로 공주마마를 위해 애써 볼게요. 대군마마도 도와주세요. 그래야 공주마마의 병을 빨리 고칠 수 있을 테니까요."

"알겠소. 힘닿는 대로 돕겠소. 우리 공주의 병을 꼭 고쳐 주시오."

체리가 부탁하자 효림도 간절한 눈빛으로 대답했다. 체리는 한결 마음이 가벼워져 한양 퀸카 소향의 멘트를 흉내 냈다.

"예, 성심을 다하겠습니다."

'그래야 나도 21세기 한국으로 돌아갈 수 있거든요.' 이 말만큼은 안으로 꼭꼭 감춘 채로.

그런다고 포기할쏘냐?

체리가 공주 방의 문지방을 넘어서자마자 수틀과 반짇고리가 날아와 발치에 툭 떨어졌다. 다행히 잽싸게 몸을 피해 다치지는 않았다. 미션 수행 1단계 전략을 펼치고자 벌써 며칠째 동별당으로 찾아와 공주와 면담을 시도했지만 또 문전박대를 당한 것이다. 그리 기대는 하지 않았지만 오늘도 이렇게 되니 기운이 쏙 빠졌다.

'공주마마시여, 던지는 물건도 참 다채롭네요. 그끄제는 책, 그제는 장신구함, 어제는 분첩이더니. 여리여리한 주제에 팔 힘은 세가지고는, 참 나. 알고 보니 우리 동갑이던데 21세기에서 황당하게 끌려온 이 소녀, 좀 봐주시면 안 되겠나이까?'

공주를 모시는 윤 상궁이 털썩 주저앉으며 울먹거렸다.

"공주마마, 마마를 위해 온 규수입니다. 팔도 명의 다 마다하시고, 용한 무속인도 다 쫓아내시고, 강 규수도 내치시렵니까? 돌아가신 중전마마를 생각하셔서라도 마음을 고쳐잡수소서. 중전마마께옵서 하늘에서 얼마나 가여워하시겠습니까? 옥체 상하시기라도 하면, 흐윽."

하지만 공주는 매서운 눈길로 체리를 쏘아보더니 고개를 획 돌려 버렸다. 그러고는 문갑에서 새 자수 틀과 반진고리를 꺼내 다시 천연덕스레 수를 놓았다.

체리는 하는 수 없이 공주 방에서 물러나 복도를 터덜터덜 걸어 나왔다. 앞뜰로 내려서자 나무 아래에 서 있던 연화가 달려왔다.

"아기씨, 또 쫓겨나신 겝니까?"

"그래, 계속 저러시니 노답이구나."

"노답이요?"

"아, 답이 없다는 뜻의 충청도 사투리야."

연화가 걱정스러운 얼굴로 대답했다.

"예에, 그나저나 아기씨 힘드셔서 어떡해요. 공주마마가 얼른 마음을 여셔야 할 텐데."

"그러니까. 휴우."

체리도 한숨을 내쉬었다. 조금 전 윤 상궁의 말을 듣고 나니 더더욱 자신이 없어졌다. 공주는 효림과 소향 외에 일체 누구도 공주 방에 들이지 않는다는 것이다. 그저 온종일 방에 틀어박힌 채 주야장천 수만 놓는다나? 새삼 공주가 원망스러웠다.

'참 나, 자수에 원수진 일인인가, 자수계의 거목이 되는 게 일생 목표인가?'

작전이 먹히지 않으니 서별당으로 가는 동안 계속 마음이 무거웠다. 이러다 영영 21세기로 못 돌아가나 싶어 너무 속상했다. 그런데 문득 좋은 생각이 떠올랐다.

'1단계 작전은 패스하고 2단계로 가 보자. 최선이 아니면 차선을 택하랬잖아. 공주에게 얼굴을 들이밀기 힘들다면 코로나-19 바이러스가 세상을 덮쳤을 때처럼 비대면 언택트 방법을 써 보는 거야! 공주에게 편지를 써서 이야기를 들이대 보자!'

그날 밤, 공주에게 편지를 쓰고 또 쓰느라 체리는 밤을 꼬박 새우다시피 했다. 사극 드라마에서 옛날 말투를 많이 본 덕분에 조선 시대에 걸맞은 편지를 쓰는 게 그리 어렵지는 않았다. 그리고 이튿날 아침, 편지를 품에 넣고 나름 의기양양하게 동별당으로 출동했다.

그런데 공주 방에 들어서자마자 또 뭔가가 휙 날아와 발치 아래에서 와장창 박살이 났다. 급히 피하려 했지만 발이 꼬이는 바람에 앞으로 고꾸라지고 말았다. 왼손 손바닥에서 피가 홍수처럼 솟구쳤다. 공주가 던진 도자기 꽃병 조각에 깊게 베인 모양이었다. 왼쪽 발에 신은 하얀 버선 위로도 붉은 피가 송송 배어나고 있었다.

나인들이 체리를 끌어내고 지혈한 다음, 손에는 무명천을 동여매고 발에는 부목을 대 주었다. 그렇지만 심하게 다쳤는지 계속 피가 배어나고 시큰시큰 아파 왔다. 윤 상궁이 미안한 표정으로 말했다.

"이리 다쳐서 어쩌나. 공주마마가 저런 분이 아닌데, 편찮으셔서 그런 거니 이해하시게."

'휴우, 이 꼴을 보고 이해하라는 말이 나와요? 최소한 전치 2주는 나오고도 남을 중상을 입었는데?'

체리는 속이 부글부글 끓었지만 꾹 참고 품에서 편지를 꺼냈다.

"예, 공주마마께 이거나 전해 주세요. 마마께 쓴 편지예요."

"편지? 전해는 드리겠네만 읽으시고 안 읽으시고는 내 소관이 아니오."

"예, 그러시겠지요. 전해만 주셔요."

편지를 윤 상궁에게 건넨 후 체리는 동별당을 나섰다. 그런데 연화의 부축을 받으며 서별당으로 가는 길에 효림과 딱 마주쳤다. 효림이 놀란 눈으로 물었다.

"손은 왜 그렇고 다리는 또 왜 그러시오? 다친 게요?"

안 그래도 공주가 미워 죽겠는 판이라, 체리는 곧이곧대로 일러바쳤다.

"보시다시피 손발을 많이 다쳤습니다, 공주마마 때문에."

"공주 때문에?"

"예, 공주마마를 뵈러 갔는데, 저한테 이따만한 꽃병을 던지시지 뭡니까. 그 바람에."

체리는 다친 손까지 치켜들고 꽃병을 커다랗게 그려 보였다. 그런데 효림이 공주를 두둔하지 뭔가.

"꽃병을? 효연이는 그럴 아이가 아닌데. 낭자가 뭐라 거슬리는 말을 한 건 아니오?"

체리는 어이가 없어 콧방귀를 뀌었다.

"참 나, 입도 뻥긋 안 했거든요? 꽃병만 던진 줄 아세요? 오늘은 꽃병이지만 며칠 동안 책이며 반짇고리며 골고루 다 던지셨다고요. 투포환 선수가 꿈이신지, 원래 포악하신지."

그제야 효림이 당황하며 손사래를 쳤다.

"그랬소? 내가 사과하오. 근데 우리 효연이 절대 포악하지 않소. 요즘 많이 아프다 보니 그랬나 보구려. 낭자가 이해하고 잘 돌봐주시오."

'어라, 이 대군 좀 보게. 조금 전엔 내가 없는 얘기라도 지어낸 듯 누이를 두둔하더니만 금세 꼬리를 내리네. 누이바보인가?'

공주를 생각하는 효림을 보니 욱했던 마음이 조금 누그러졌다. 게다가 지금의 처지를 돌아보니 그와 대치 상태로 있는 게 결코 현명한 일이 아니라는 결론에 이르렀다. 공주를 치유시켜야 하는 중대 미션을 지닌 몸, 그 미션을 완수해야지만 21세기로 돌아갈 수 있는 몸이 아니던가.

"저도 다치다 보니 욱했네요. 공주마마가 편찮으시니 이해할게요."

체리의 누그러진 말씨에 효림도 덩달아 말투가 부드러워졌다.

"그래 주면 고맙겠소. 연화야, 체리 낭자 치료 잘해 드리거라. 덧나지 않게."

연화가 공손히 대답했다.

"예, 대군마마. 아기씨 잘 치료해 드리겠습니다."

"그럼 이만 가 보리다."

효림이 호위무사와 함께 다시 발걸음을 옮겼다. 체리도 연화와 함께 절뚝절뚝거리며 서별당 쪽으로 향했다. 그런데 부축을 하던 연화가 불쑥 말했다.

"아기씨, 대군마마 말이에요. 진짜 헌헌장부이시죠? 겉으론 까칠하셔도 마음은 엄청 따뜻한 분이래요. 공주마마도 끔찍이 아끼시고요."

뜻밖의 정보였지만, 아무 관심 없는 듯 체리는 무뚝뚝하게 대답했다.

"글쎄, 다른 건 모르겠고, 누이바보인 것 같긴 하더라. 누이바보 중에서도 상바보야."

"누이바보요? 그것도 충청도 사투리예요?"

"응, 누이를 무지무지 아끼고 끔찍이 여기는 오라버니를 뜻한단다."

"호호, 충청도엔 재미난 사투리가 많네요. 아기씨 덕분에 또 하나 배워요."

대단한 거라도 알게 된 양 즐거워하는 연화의 모습을 보며 체리는 속으로 혼잣말을 했다.

'연화야, 미안한데 그건 충청도 사투리가 아니라 21세기 대한민국의 유행어란다. 진실을 말해 줄 수 없어 나도 안타깝구나.'

그대 같은 천하절색, 나 같은 천하박색

공주마마, 옥체 강녕하시옵니까? 서별당 강체리, 세 번째 편지 올립니다. 마마께서 읽지 않으신다 하여도, 제 마음을 전할 길은 이것뿐이기에 또다시 편지를 쓰는 것을 헤아려 주시고 끝까지 읽어 주시옵소서.

공주마마, 어느새 여름도 가고 곧 가을이 오려는 것 같습니다. 칠석날에 왔으니 제가 난향당에 온 지도 스무 날이 지났네요.

공주마마, 처음 난향당에 왔을 때 저는 무엇을 해야 하는지 몰랐습니다. 그러다 마마를 위한 일을 해야 한다는 걸 알고 심층 조사한 결과, 마마께서 말씀을 잃으셨음을 알게 됐습니다. 스스로 목숨을 끊으려 하셨다는 것도요. 저는 진심 맴찟했습니다.

공주마마, 저는 쪼끔이나마 마마께 보탬이 되고 싶사옵니다. 마마께서 즐겁고 활기차게 살아가실 수 있도록 힘이 돼 드리고 싶사옵니다.

제가 내미는 손을 잡아 주시옵소서. 공주마마께서 제 손을 잡아 주실 그날을 이 소녀 강체리, 손꼽아 기다리겠사옵니다.

매미 소리 잦아든 어느 저녁에 강체리 올림.

(*추신 : 맴찢='맘이 찢어질 듯하다'는 뜻의 충청도 사투리)

'우아, 이 정도면 진짜 잘 쓴 편지 아님? 21세기 중딩이 쓴 게 아니라 조선 토박이 명문가 규수가 쓴 편지라 해도 손색이 없잖아. 이 편지를 읽고도 공주가 나를 안 부른다면 조선 공주가 아니라 북극 이글루에 사는 얼음 공주라고 할 거야.'

공주에게 쓴 세 번째 편지를 소리 내어 쭉 읽고서 체리는 그만 '자뻑' 하고 말았다. 윤 상궁은 첫 번째와 두 번째 편지를 공주에게 전했다고는 하는데, 공주에게서는 아무 반응도 없고 읽었는지조차도 알 수가 없었다. 그래서 다시 또 이렇게 세 번째 편지를 쓴 것이다. 공주가 계속 문전박대하는 한 이것 말고는 공주와 연결할 수 있는 방법이 없으니까. 그런데 뭔가 부족하다는 생각이 들었다.

'첫 번째 편지도, 두 번째 편지도 글만 써서 보냈잖아. 봉투도 밋밋했고. 좀 더 공주의 눈길을 끌게 할 순 없을까? 공주가 내 편지를 안 읽고는 못 배기게 할 수 없을까?'

체리는 머리를 굴리다 무릎을 탁 쳤다.

'아, 봉투랑 편지에 그림을 그려 넣으면 되겠다. 밋밋한 봉투에 글 편지만 보내는 것보다 훨씬 효과 있지 않겠어? 방과 후 학교에서 수채화 일러스트를 배워서 내가 또 한 그림 하잖아?'

체리는 당장 실전에 나서기로 했다. 색칠할 물감이 없으면 어쩌나 했는데 연화가 몇 가지 안료를 구해다 주어 말끔히 해결됐다. 연습장에 깨작거리던 그림 솜씨를 발휘해 봉투와 편지에 그림을 그려 넣었다. 봉투에는 이름을 상징하는 빨강 체리 열매 그림을, 편지에는 공주와 체리가 등장하는 그림 두 컷을 그려 넣었다. 특히 둘이서 손을 맞잡고 있는 컷에는 하트 다섯 개를 그려 넣고, 공주가 체리의 손을 뿌리친 컷에는 반으로 쪼개진 하트와 함께 '맴찢맴찢'이란 글귀를 센스 있게 적어 넣었다.

* * *

세 번째 편지를 공주에게 보냈지만 이틀 동안은 아무런 반응이 없었다. 이번에도 또 헛수고인가 싶어 속상했지만 그래도 체리는 인내심을 갖고 네 번째 편지를 준비했다. 그런데 사흘째 되는 날 아침, 동별당에서 급히 부르는 전갈이 왔다.

'우옷, 드디어 나를 부르는구나! 효연 공주시여, 쫌만 기다리소서. 소녀 강체리, 쎄리 팍쎄리 달려갑니다요!'

체리는 서둘러 동별당으로 갔다.

잠시 후, 공주 방으로 들어가 마주 앉자 공주가 체리를 찬찬히 뜯어보았다. 이마에서 눈으로, 눈에서 코로, 코에서 입술로, 입술에서 뺨으로 눈길을 옮겨 가면서……. 그러자 윤 상궁이 공주의 손에 붓을 쥐여 주며 말했다.

"공주마마, 강 규수에게 뭐든 하명하소서."

그 말이 신호가 된 듯 공주가 갑자기 눈물을 주르르 흘렸다. 윤 상궁이 애처로운 눈빛으로 공주의 눈물을 무명수건으로 닦아 주었다. 그제야 공주가 눈물을 그치더니 종이에 글씨를 쓰기 시작했다. 한 글자 한 글자 힘들게 쓰고 난 후에는 체리가 볼 수 있게 종이를 돌려 놓았다. 종이에는 이렇게 적혀 있었다.

그대 같은 천하절색

나 같은 천하박색

체리는 어리둥절했다.

'천하절색, 천하박색? 천하절색은 세상에 둘도 없는 미인, 천하박색은 세상에 둘도 없는 추녀라는 뜻 아님? 반대말 놀이 하나? 근데 뭔가 바뀐 것 같은 느낌인데?'

공주는 '그대 같은 천하절색'이란 글을 짚은 다음 그 손가락으로 체리를 가리키고, '나 같은 천하박색'이란 글을 짚고서는 자신을 가리켰다.

'내가 천하절색, 공주가 천하박색이라고? 누구 놀리시남?'

체리는 웃으며 말했다.

"무슨 소리셔요? 공주마마님이 천하절색이시지요. 저야말로 천하박색이고……."

그러자 공주가 체리를 무섭게 노려보더니 팽 돌아앉았다. 윤 상궁이 그만 일어나라며 체리를 다그쳤다. 뭐가 어떻게 된 건지 영문을 모른 채 체리는 윤 상궁을 따라 나왔다.

"지금 뭐 하는 겐가? 어디 감히 공주마마께 천하절색이라는 소리를 하지?"

윤 상궁이 호되게 나무랐지만 체리는 이해할 수가 없었다.

"제 말이 틀렸나요? 공주마마 같은 미인은 난생처음 보는데요."

"제정신인가? 오늘은 그냥 넘어가지만 한 번만 더 공주마마를 욕보이면 난향당에서 쫓겨날 것이야. 마마께 밉보여 쫓겨난 이가 한둘이 아님을 잊지 말게."

윤 상궁은 자기 할 말만 하고 급히 가 버렸다. 체리는 어리둥절해서 그 자리에 한참을 서 있었다.

* * *

운종가 시전*은 무척이나 북적거렸다. 쌀가게, 포목 가게, 그릇 가게, 어물전, 서책방, 담배 가게, 신발 가게 등 없는 가게가 없고 코흘리개부터 노인까지 사람들이 차고 넘쳤다. 체리의 눈이 호기심으로 반짝거렸다.

'오, 여기가 21세기로 치면 서울 종각에서 종로 3가까지의 길이잖아. 이 가게 저 가게 구경도 하고, 조선에 온 기념으로 이것저것 물건도 사면 좋겠다.'

하지만 지금 한가로이 저잣거리 구경을 나온 게 아니었다. 미션 탐문 작전의 일환으로 공주에 대한 정보를 얻으러 나온 길이었다. 공주가 쓴 '그대 같은 천하절색, 나 같은 천하박색'이 무슨 뜻인지 몰라 연화와 성주댁에게 물어봤지만 둘 다 말을 아끼면서 운종가에 나가 보면 알게 될 것이라고 했기 때문이다. 그들은 분명 뭔가를 알고 있는데, 하늘 높은 공주마마에 관한 일이어서 입을 꿰맨 것 같았다. 그래서 연화를 데리고서 직접 운종가로 나온 것이다.

작은 실마리도 얻을까 싶어 여기저기 기웃거리고 있을 때였다. 골목길에서 꼬맹이들 한 무리가 나오더니 노래를 신나게 불러 댔다.

"우리 공주님은 효연 공주님은~ 천하박색이래요, 박색이래요~ 그래서 추녀 공주님은 어제도 오늘도 울고 있대요~"

'헐! 저 쏭이 뭔 쏭? 효연 공주 쏭? 근데 효연 공주가 천하박색에 추녀라고? 잘못 들었나?'

체리는 자신의 귀를 의심했다. 하지만 꼬맹이들은 다시 신나게

* 시전(市廛) : 조선 시대에 지금의 종로를 중심으로 설치됐던 상설 시장.

노래를 복창했다.

"우리 공주님은 효연 공주님은~ 천하박색이래요, 박색이래요~ 그래서 추녀 공주님은 어제도 오늘도 울고 있대요~"

뜨아! 삼국시대 때 유행했다는 선화공주가 주인공인 '서동요'는 들어 봤어도 '효연공주 노래'는 처음이었다. 그런데 맞은편에서 책보를 옆구리에 끼고 오는 서당패들까지 그 노래를 우렁차게 불러대는 게 아닌가. 이쯤 되면 음원 차트 실시간 1위를 달성하고도 남을 핫 쏭인데 아이들이 왜 이런 노래를 부르는 건지 의아해 연화에게 물었다.

"운종가에 나가 보라고 한 게 이 노래 때문이었니?"

"예, 이 노래가 요새 장안을 완전 싹쓸이하는 중입니다."

"말도 안 돼. 공주마마 같은 미인을 왜 천하박색에 추녀라고 놀린다니?"

"공주마마가 미인이라고요?"

"그럼, 미인 중의 미인이지."

"죄송한데, 혹시 눈이 어떻게 되신 거 아녀요, 아기씨?"

이해가 안 된다는 표정으로 연화가 고개를 절레절레 흔들었다. 이해할 수 없기는 체리도 마찬가지였다. 공주가 추녀라니, 말이 되나?

그때 출입문에 큼지막한 여인 그림이 붙어 있는 가게가 눈에 띄었다. '花樣粉廛'이란 한자와 함께 '화양분전'이란 한글이 새겨진 간판을 달고 있었다. 가까이 가 보니 여인 그림 옆에는 이런 글귀가 적혀 있었다.

장안을 주름잡고 싶은 부녀자분들께 살짜쿵 고합니다.

그림 속 여인처럼 아리따운 천하절색이 되고 싶으시오?

그렇다면 지금 당장 우리 화양분전으로 썩 들어오시오.

조선 최고 매분구*들이 천하절색 절세가인이 되는 비법을 알려 드리리다.

—화양분전 주인백

'여기가 화장품과 화장용품을 판다는 뷰티 숍 분전이구나. 그렇담 '매분구'는 메이크업 아티스트?'

체리는 신기해하며 그림을 자세히 보았다. 그런데 '아리따운 천하절색'으로 표현된 그림 속 여인은 체리가 생각한 미인과는 완전히 달랐다. 동그스름한 얼굴형, 반듯하면서 넓은 이마, 둥근 눈썹, 초승달 모양의 외까풀 눈매, 복스럽고 둥글둥글한 코, 자그맣고 앵두 같은 입술, 통통한 볼과 U라인 턱선, 웃을 듯 말 듯 입가에 지은 미소.

'뭐야, 완전 촌발 날리는 얼굴인데 천하절색이라고? 나랑은 또 왜케 닮았어?'

* 매분구(賣粉嫗) : 조선 시대에 집집마다 돌아다니며 화장품과 화장용품을 팔고 화장술도 가르쳤던 행상.

순간, 머릿속에 LED 형광등이 번쩍 켜졌다. 아, 이거였어! 21세기 대한민국이라면 천하절색에 최고 미녀로 평가받을 공주이지만 조선 시대에는 천하박색에 추녀 취급을 받는 거야. 조선 시대 미인의 기준이 21세기하고는 완전 다르니까!

체리는 좀 더 확인해 보려고 연화를 데리고 분전으로 들어갔다. 가게 안 곳곳에는 미인도가 여러 장 붙어 있었고, 그림 속 여인들은 하나같이 신윤복 〈미인도〉풍의 얼굴이었다. 체리는 미인도 속 여인들의 얼굴에 공주의 얼굴을 대비시켜 보았다.

가느다란 외까풀 눈 vs 사람을 빨아들일 듯 커다란 쌍까풀 눈, 반듯하게 넓은 이마 vs 앞으로 툭 튀어나온 이마, 복스럽고 둥글둥글한 코 vs 손을 대면 베일 듯 오뚝하고 날렵한 코, 조그마한 앵둣빛 입술 vs 안젤리나 졸리 스타일의 큼직하고 육감적인 입술, 통통한 볼과 U라인 턱선 vs 옴폭한 볼과 뾰족한 V라인 턱선, 뽀얗고 하얀 살결 vs 섹시하고 까무잡잡한 피부.

체리는 무릎을 탁 쳤다. 이제야 알 것 같았다.

'그래, 다 정반대잖아! 그러니까 공주는 외모 콤플렉스 때문에 자살하려 했던 거고 그게 실패하자 말문을 닫아 버린 거야. 이제 미션을 확실히 알겠다. 내 미션은 단순히 공주의 말문을 여는 게 아니라 공주의 외모 콤플렉스를 없애 주는 거야. 추녀 공주 미인 만들기!'

바로 그때, 주인인 듯한 중년 여인이 다가와 말을 걸었다.

"어느 댁 규수님이신지, 정녕 고우십니다. 살다 살다 규수님 같은 천하절색은 처음이네요."

체리는 다소 당황했지만 조선 미인의 기준을 이제는 아는지라 여유롭게 대답했다.

"무슨 말씀을요. 미인들이 다 어디 갔답니까?"

"아이고, 한양 미인들을 다 때려눕힐 미모이신데요. 그래서 말인데, 저희 가게 모달을 해 보심이 어떨는지요?"

"모달이요? 그게 뭔데요?"

"꽃 같은 규수님이 신조어 '모달'을 모르시다니요. '모방할 모(模)' '도달할 달(達)' 자를 쓰지 않습니까. 장안의 여인들이 모두 따라 하고 싶을 만치 아름다운 분을 뜻하지요. 이 미인도의 미인들도 다 모달을 보고 그린 거랍니다."

헐! 그러니깐 '모달'은 '모델'?

"그럼 모달한테는 모달료도 지급하나요?"

귀가 솔깃해 묻자 주인이 고개를 끄덕였다.

"당연하지요. 모달료뿐만 아니라 최고급 화장품도 증정합니다."

'오호, 조선에 온 김에 조선 여인들의 워너비 모달이 되어 봐? 모달이 돼서 돈도 벌고 가문의 명예도 한껏 드높여 봐?'

체리는 단박에 마음이 끌렸지만 이내 이성을 찾았다.

'아냐, 아냐. 이제 겨우 미션을 파악해서 본격 추진하기도 바쁜 마당에 어찌 알바 뛸 시간이 있으리? 무리해서 알바 뛰다가 과로사라도 하면 그야말로 개죽음이고 21세기로도 못 가잖아?'

“좋은 기회 같은데 제가 시간을 낼 수가 없군요.”

체리가 사양하자 주인이 아쉬워하며 손을 잡았다.

“한 번 더 생각해 보시지요. 모달이 되면 이름도 떨치실 수 있을 텐데…….”

“아닙니다. 딴 분을 찾아보셔요.”

“꼭 규수님이라면 좋겠어서 그런다오. 고급 화장품 좀 드릴 테니, 써 보면서 천천히 생각해 보심이 어떨까요?”

헉, 미끼 화장품까지! 안 그래도 매대에 있는 화장품들이 탐났었는데……. 하지만 강체리 사전에 ‘꼼수’라는 단어는 결코 있을 수 없었다. 그러니 이 또한 사양할 수밖에.

“아닙니다. 모달을 할 것도 아닌데, 화장품을 덥석 받을 수는 없지요.”

“반듯도 하셔라. 혹시 생각이 바뀌시면 다시 들르셔요.”

못내 아쉬워하는 주인을 뒤로 하고 체리는 분전을 나섰다. 지금은 모달보다는 미션 수행이 당면 과제이고, 나름 중요한 수확을 얻었기에 난향당으로 가는 발걸음도 나는 듯 가벼웠다.

미션명 '공주마마 가인 만들기'

'추녀 공주의 외모 콤플렉스를 어떻게 고쳐 준담? 21세기 성형외과 전문의를 스카웃해 올 수도 없고. 휴우.'

운종가에서 돌아온 지 일주일째, 체리는 자나 깨나 앉으나 서나 이 생각뿐이었다. 그러던 어느 날, 좋은 생각이 번개처럼 떠올랐다.

"메이크업으로 공주의 외모 콤플렉스를 없애 주는 거야. 조선 화장술 공부를 해서! 21세기에서도 그랬잖아!"

사실 체리는 '성형 메이크업'에 관한 한 중딩치고는 타의 추종을 불허하는 실력자였다. 유튜브 뷰티 채널에서 틈틈이 배운 성형 메이크업을 친구들에게 직접 해 주고 상담도 해 줄 정도였으니까.

성형 메이크업을 배운 까닭은 '초긍정녀'라는 별명답게 세상사에 대부분 긍정적이었지만, 외모에 대해서만큼은 콤플렉스가 있었기 때문이다. 쌍까풀 없이 가느다란 외까풀 눈, 오동통한 볼, 납작하고 동그란 코, 이 모든 게 마음에 들지 않았다. 그렇다고 성형수술을 생각해 본 적은 한 번도 없다. 겁이 많기도 했지만 성형수술로 외모를 업그레이드할 수 있다는 희망보다는 자칫 잘못돼서 본판마저 망치고 후유증에 시달리면 어쩌나 하는 두려움이 컸던 탓이다. 그러다 작년에 유튜브에 성형 메이크업 채널이 있는 걸 우연히 알게 됐고, 그날부터 여러 뷰티 채널을 섭렵하며 셀프 러닝을 했다. 덕분에 외모 콤플렉스도 조금은 극복하고, 친구들에게 메이크업 상담을 해 주고 직접 시연까지 하기에 이르렀던 것이다.

그러나 좀 더 생각해 보니 메이크업만으로는 공주를 완전히 치유시키지 못할 것 같았다. 외모 콤플렉스가 심해서 자살까지 하려고 했던 사람이므로 화장술에 뭔가를 보태야만 공주의 병을 낫게 할 수 있을 것 같았다. 무얼 보태야 하나, 체리는 거의 삼박 사일 동안 고민했다.

그래서 생각해 낸 것이 '청소년 자존감 UP 캠프'였다. 초딩 때는 물론 중딩이 되어서도 체리는 엄마 등쌀에 '청소년 자존감 향상 캠프'에 꽤 여러 번 가서 도움을 받았다.

'자존감이야말로 열등감을 없애 주는 가장 중요한 거랬어. 자존감 캠프에서 배웠던 걸 공주한테 응용해 보자. 그래서 공주의 외모 콤플렉스를 고치고 자존감을 높여 줘서 닫힌 말문까지 열게 하는 거야! 오케이! '공주마마 미인 만들기'로 미션명 확정!'

그런데 '미인'이란 단어 대신 '가인'이라는 단어가 낫겠다는 생각이 들었다. 언젠가 텔레비전에서 봤던 얘기가 떠올랐기 때문이다. 그때 국어학자는 '미인(美人)'이나 '가인(佳人)'이나 모두 '아름다운 사람'을 뜻하는 말이지만 아주 미묘한 차이가 있다고 했다. '미인'은 주로 얼굴과 몸매가 아름다운 사람, '가인'은 용모와 품성이 모두 아름다운 사람을 뜻한다나.

'공주는 마음의 병이 깊어서 자살하려고까지 했었으니까 용모만 아름다운 사람이 아니라 심신이 모두 아름다운 사람으로 만들어 줘야 해. 좋았어, 미션명 '공주마마 가인 만들기'로 최종 확정이다!'

이렇게 정해 놓고 나니 스스로도 무척 만족스러웠다.

* * *

그로부터 얼마 후, 효림 대군이 체리의 처소인 서별당으로 행차했다. 임무를 확실히 파악한 것 같아 상의할 일이 있으니 한번 들러 달라고 체리가 편지를 보냈고, 이에 화답해 온 것이다.

체리는 서별당에 막 도착한 효림을 새로 꾸민 작업실로 안내했다. 방문 위에는 '조선가인살롱'이라고 적힌 큼직한 문패를 붙이고, 안에는 널찍한 입식 책상과 의자, 책꽂이, 경대와 면경, 화장품 등을 갖추어 놓았다. 또 책꽂이에는 『규합총서』 『조선화장술』 『화장과 매분구의 역사』 『조선심학』 같은 서책들이 꽂혀 있었다.

효림은 방문 위에 붙은 '조선가인살롱' 문패를 한참 보더니 안으로 들어가자마자 휘 둘러보았다. 그러고는 의자에 앉으며 궁금한 눈빛으로 물었다.

"조선가인살롱이라는 문패가 있던데 그게 뭐요? 화장 관련 서책이며 화장품들은 왜 이리 많고?"

"예, 조선가인살롱은 이 방 이름이고, 화장에 관한 책과 화장품은 임무를 수행하기 위해 들여놓은 것이어요. 편지에도 썼지만 이제 제가 임무를 완전히 정했거든요."

"화장? 임무가 화장과 관계있다고? 차근차근 얘기해 보시오."

충분히 예상했던 질문이기에 답변도 미리 준비돼 있었다. 체리는 목소리를 가다듬고 밤새 연습한 대로 설명을 시작했다. 모둠 과제를 발표할 때면 늘 도맡아 하던 발표 실력을 십분 발휘해서.

"그러니까 이 방은 공주마마를 위한 임무를 수행하는 작업실로서 이름은 조선가인살롱."

"조선가인살롱? 무슨 뜻이오?"

"가인은 아름다운 사람, 살롱은 그 뭣이냐, 영어, 아, 서양말인데……."

"아, '사롱' 말이구려. 청나라에 다녀온 벗한테 들은 적 있소. 청나라에서는 우리 사랑채 같은 곳을 '사롱'이라 한다더이다. 양국*

* 양국(洋國) : 조선 시대에 서양 나라를 일컫던 말.

말로는 '살롱'인데 소리만 따서 '사롱'이라 한다지요."

"예, 맞아요. 살롱은 사랑채 같은 곳을 뜻하는 말이어요."

"낭자가 양국말도 다 알고, 배움이 깊구려. 그런데 방 이름을 왜 그리 지었소?"

본의 아니게 '배움 깊은 낭자'가 돼버려 뿜을 뻔했지만, 체리는 간신히 웃음을 참고 설명을 이어갔다.

"제가 최종 확정한 임무명이 '공주마마 가인 만들기'거든요. 이 방은 그 임무를 수행할 작업 공간이자, 대군마마처럼 저를 도와줄 분들을 만나는 사랑채고요."

"공주마마 가인 만들기? 공주를 아름다운 사람으로 만든다? 접때는 '공주마마 말문 열기'라고 하더니?"

"예, 그랬는데 한 달 동안 심층 조사한 결과, 말문 열기를 넘어 가인 만들기가 맞다는 결론에 이르렀거든요. 그 까닭은, 우선 공주마마께서 스스로 천하박색이라고 생각하셔서요. 저잣거리에 공주마마가 추녀라는 노래도 대유행 중이고요."

효림의 목소리가 높아졌다.

"공주 스스로 천하박색이라 생각한다고? 어찌 그리 장담하오? 공주가 추녀라는 노래는 또 뭐고?"

누이바보면서 어쩜 이렇게 까맣게 모를 수가 있을까? 체리는 효림이 한심하게 여겨졌지만 인내심을 갖고 이야기했다.

"공주마마가 저한테 필담으로 스스로 천하박색이라고 하시더라고요. 그리고 문제의 노래는 지금이라도 저잣거리에 나가면 들으실 수 있을 텐데요. 꼬맹이들까지 줄줄 읊더라고요."

순간 효림의 얼굴이 어두워졌다. 하지만 체리는 설명을 마저 이어갔다.

"그래서 저는 공주마마께서 자결을 시도하신 건 외모에 대한 열등감 때문이므로 제 임무는 공주마마를 심신이 아름다운 가인으로 만드는 일이라고 결론 내리게 되었습니다. 대군마마께서는 어찌 생각하세요?"

효림이 진지한 표정으로 대답했다.

"긴가민가했는데, 역시 공주가 그랬구려. 낭자가 임무를 제대로 찾아낸 것 같소. 근데 무슨 수로 효연이를 가인으로 만들 작정이오?"

"그러니까 우선 화장술로 공주마마의 외모 컴플렉스를 덜어 드리고……."

"검불락수? 아, 검을 검(黔), 아니 불(不), 즐거울 락(樂), 근심 수(愁)를 뜻하는 신조어요? 외모가 검어 즐겁지 아니하고 근심에 싸인 것? 우리 공주가 좀 까무잡잡하긴 하오만."

검불락수? 풋! 웃음이 터져 나오려는 걸 가까스로 참고 체리는 얼렁뚱땅 얼버무렸다.

"맞아요. 공주마마께서 피부가 검은 편이시라 화장술로 외모 검불락수를 물리치고 자존감도 높여 드려 말문을 여실 수 있게 하려고요."

"검불락수를 화장술로 보완한다? 좋은 생각인 것 같소. 책꽂이에 화장 관련 서책이 그득한 까닭을 이제야 알 것 같구려. 자존감을 높인다는 작전도 마음에 들고."

"대군마마께서 그리 생각해 주시니 힘이 나네요. 앞으로 정말 많이 도와주셔야 해요."

효림은 일 초도 지체하지 않고 흔쾌히 고개를 끄덕였다.

"접때도 말했잖소. 당연히 도와주리다."

그때 갑자기 검은 나비 한 마리가 날아와 체리의 어깨 위에 앉았다.

"엄마앗!"

체리가 깜짝 놀라 소리를 지르자 효림이 급히 옆으로 와서 체리의 어깨를 툭 쳤다. 순간, 나비는 휙 날아가 버리고 체리와 효림은 서로를 껴안은 채 바닥에 나뒹굴고 말았다.

조선에서 썸을 탈 줄이야!

도성 밖 홍화밭엔 홍화꽃이 한창이었다.

"우아! 이게 홍화꽃이구나. 정말 예쁘다!"

체리는 종다래끼를 어깨에 메고 밭으로 들어가며 탄성을 질렀다. 장 나인이 연화와 함께 따라 들어오며 웃었다.

"호호, 아기씨도 은근 극성이셔요. 홍화꽃이야 저하고 연화가 따오면 되는데 뭐 하러 힘들게 직접 따겠다고 이러세요?"

"극성이 아니라 정성이지요. 우리 할머니께서 꼭 이루고픈 일엔 정성을 쏟아야 하늘을 감동시킬 수 있다고 하셨어요. 공주마마께서 쓰실 연지는 홍화꽃 따는 것부터 제 힘으로 해 보고 싶어요."

정말 연지 하나를 만들더라도 이슬 머금은 홍화꽃을 직접 따서 만들어 보고 싶은 게 체리의 마음이었다. 그래서 장 나인과 연화를 졸라 새벽같이 도성 밖에 있는 홍화밭까지 온 것이다.

장 나인은 왕실에서 쓰는 화장품을 생산하고 화장도 담당하는 보염서* 출신으로 효림 대군이 보내 준 사람이었다. 화장품 만드는 솜씨며 화장술이 보염서 나인 중 으뜸이었지만 역병에 걸려 궐을 나와야 했고, 다행히 완치는 되었으나 보염서로는 다시 갈 수 없어 운종가 분전에 화장품을 납품하며 살고 있다고 했다.

체리에게 장 나인은 스승을 넘어 언니 같은 사람이었다. 미안수며 분가루, 연지, 미묵** 같은 조선 화장품을 만드는 법이며 화장술도 잘 가르쳐 주었고 성품도 무척이나 따뜻했다. 체리는 장 나인에게서 배운 것들을 '체리장서(棣梨粧書)'에 꼼꼼히 적어 두었다. '체리장서'는 '체리의 메이크업 책'이라는 뜻이다.

"맞아요, 지성이면 감천이지요. 그럼 아기씨, 이제 홍화를 따 보실까요? 꽃받침에 가시가 있으니 조심하셔요. 이렇게 따면 돼요."

장 나인이 허리를 굽히고 꽃 따는 시범을 보였다. 체리와 연화도 조심조심 홍화꽃을 따기 시작했다. 한참 동안 홍화꽃을 따고 나니 온몸이 뻐근했다. 체리는 허리를 펴고 두 팔을 쭉 추켜올렸다. 그때 저만치에서 사냥복 차림의 사내 둘이 말을 타고 달려오는 게 보였다. 뭔가 낯이 익다 싶은 순간, 연화가 소리쳤다.

"아기씨! 대군마마님이셔요. 진무 무사님이랑."

* 보염서(補艶署) : 일시적이긴 하나 조선 시대에 궁중에서 화장품 생산을 전담하던 관청.
** 미묵(眉墨) : 예전에 쓰였던 눈썹을 그리는 화장품. 숯을 갈아 기름에 풀어 쓴다.

"그래?"

"예, 근데 두 분 어디 다치신 거 같은데요?"

체리는 손차양을 하고서 고개를 쭉 뺐다. 말을 타고 달려오는 사람은 정말 효림과 진무였다. 둘은 화살통과 활시위를 둘러메고 긴 검을 차고 있었는데 부상을 당한 게 확실했다. 얼굴이 핏자국으로 얼룩덜룩한 데다 효림은 왼쪽 팔뚝을, 호위무사 진무는 오른쪽 허벅지를 무명천으로 칭칭 동여매고 있었다.

"무슨 일이지? 사냥하다 다치셨나?"

"그러게요."

"많이 다치신 것 같은데요."

셋이서 걱정하는 사이, 효림이 진무와 함께 달려와 그들 앞에서 말을 멈췄다. 먼발치에서부터 체리 일행을 알아본 것 같았다. 효림이 가쁜 숨을 몰아쉬며 물었다.

"낭자가 여기 웬일이시오?"

"예, 홍화꽃을 따러 왔습니다."

"연지 재료로 쓰려고요?"

"예, 근데 왜 그렇게 다치셨어요?"

"괜찮소. 조금만 쉬다 가겠소."

효림이 대답하며 말에서 내렸다. 진무도 고개를 끄덕이며 따라 내렸다.

하지만 체리의 눈에는 둘 다 괜찮아 보이지 않았다. 특히 무명천으로 동여맨 상처 부위에서 피가 계속 배어나는 게 걱정스러웠다.

"이대로 두면 안 될 거 같은데요. 지혈을 해야지."

체리가 말하자 장 나인이 선뜻 나섰다.

"제가 참나무잎을 좀 구해 올게요. 그걸 찧어서 상처에 붙이면 지혈이 잘되거든요. 연화야, 나랑 좀 가자."

"예, 알았어요, 항아님."

연화가 선선히 장 나인을 좇아 숲으로 뛰어갔다. 체리는 효림에게 말했다.

"저는 샘물을 좀 떠 올 테니 저 버드나무 아래서 좀 쉬고 계셔요. 두 분 목말라하시는 거 같아서."

"아니, 괜찮은데."

효림이 말했지만 체리는 그의 말이 채 끝나기도 전에 산기슭에 있는 샘터 쪽으로 달려갔다. 아까 홍화밭에 올 때 조그만 샘터가 있는 걸 봐 두었었다.

잠시 후 체리가 조롱박 두 개에 샘물을 한가득 떠서 돌아왔다. 효림은 나무에 몸을 기대고 진무는 그로부터 조금 떨어진 거리에 뒤돌아 앉은 채로 뭔가 진지한 얘기를 나누고 있었다. 장 나인과 연화는 아직 돌아오지 않은 상태였다. 체리는 둘의 대화를 방해하기가 뭣해 잠시 나무 뒤에 선 채 기다리기로 했다. 조금 떨어져 있는데도 둘이 주고받는 이야기가 제법 또렷하게 들렸다.

"진무야, 아무래도 병판 대감이 관련돼 있겠지? 관상쟁이 집에 자객이 있을 줄 누가 알았겠나."

"예, 병판 대감 말고는 그런 짓을 할 사람이 없지요. 말씀 올리기 송구하오나 관상쟁이들은 이제 그만 만나시지요. 오늘도 자객이 열 놈이나 들이닥쳐서 큰일 날 뻔하지 않았습니까."

'병판이면 병조판서? 사냥을 하다가 다친 게 아니라 관상쟁이 집에 갔다가 병판이 보낸 자객한테 당한 거야? 근데 효림 대군이 관상쟁이 집에는 왜 갔지?'

체리는 더 바짝 귀를 기울였다. 다시 효림의 목소리가 들렸다.

"걱정해 주는 건 고맙다만 난 이 일을 그만둘 수 없다. 관상이 우리 조선 사회를 너무 심하게 좌지우지하는 걸 너도 알지 않느냐? 얼마 전에 치른 중시*에서도 최종 합격자 전형 기준이 필기시험 점수 7할에 관상 점수가 3할이었다고 하더구나. 아무리 필기시험을 잘 봐도 관상이 나쁘면 떨어진다는 게지."

"저도 들었습니다. 관상을 보더라도 그렇게 점수가 높아서는 아니 되지요."

"아니지, 아예 관상을 보지 말고 실력과 품성으로 인재를 평가해야지. 나도 관상학 피해자 아니더냐. 왕의 관상이 아니라는 이유로 왕세자 자리를 뺏겼으니."

헉, 이건 더더욱 놀라운 일이었다.

* 중시(重試) : 고려·조선 시대에 당하관 이하의 문무관에게 십 년마다 한 번씩 보게 하던 과거 시험.

'아니, 원래 왕세자였는데 왕의 관상이 아니라는 이유로 세자 자리를 뺏겼다고? 효림 대군이 어디가 어때서! 그리고 과거 시험에서까지 관상을 본다고? 대한민국에서는 외모지상주의가 판을 치는데 조선에서는 관상지상주의가 문제인가 보네.'

그때 진무가 조심스러운 투로 말했다.

"예, 너무 억울하신 일이지요. 하오나 그 일은 그만 잊으셔야 하지 않겠습니까?"

"억울해서가 아니다. 빼앗긴 세자위를 다시 되찾고 싶어서도 아니다. 나는 그저 관상이 지배하는 우리 조선을 개혁하고 싶을 뿐이야. 관상학이란 게 귀에 걸면 귀걸이, 코에 걸면 코걸이가 아니더냐. 그걸 입증하려고 내가 신분을 감춘 채 조선 팔도 용하다는 관상쟁이를 찾아다니는 거고."

"예, 대군마마의 깊으신 뜻을 제가 왜 모르겠습니까. 저는 그저 대군마마가 걱정돼서 이러는 겁니다. 대군마마께서 관상쟁이들을 만나러 다니시는 걸 병판 대감 패거리는 세자위를 되찾으시려고 그런다고 오해하는 게 분명하니까요."

"저들이 그러든 말든 난 괜찮다. 세자 자리에 나는 아무 미련이 없어. 그저 지금처럼 이렇게 조선을 위한 일이나 생각하면서 바람처럼 물처럼 살고 싶을 뿐이다."

"예, 알고 있사옵니다."

"그런데 관상쟁이마다 내 얼굴을 보고 하는 얘기가 다 달라. 어떤 자는 왕실에서 태어났다면 군주가 될 귀한 상이라고 하고, 어떤 자는 귀상이기는 해도 이마에 천한 기운이 있어 전체 상을 해친다고 하지 않나, 심지어 전주골 관상쟁이는 나더러 궁기가 가득한 빈상이라고 하더군. 이러니 어찌 관상학을 믿을 수 있겠느냐? 나는 이처럼 관상학이 이현령비현령이고, 천하에 쓸모없는 잡학이라는 걸 만백성들에게 알려 주고 싶다."

효림과 진무는 주거니 받거니 하며 심각한 대화를 이어 갔다. 너무나 뜻밖의 얘기에 체리의 놀라움은 계속해서 커져만 갔다. 그때 저쪽에서 장 나인과 연화가 달려오는 게 보였다. 체리는 엿들은 걸 들키지 않으려고 방금 도착한 듯 일부러 발소리를 크게 내며 말했다.

"대군마마, 샘물 좀 떠 왔어요. 마셔 보세요."

효림이 뒤돌아보며 눈을 휘둥그레 떴다.

"아, 언제 왔소?"

"방금요. 헉헉."

"고맙소."

효림과 진무가 샘물을 벌컥벌컥 들이켰다. 그제야 장 나인과 연화가 헐레벌떡 뛰어왔다.

"아기씨, 참나무가 숲에 그득해서 이파리를 잔뜩 따 왔어요. 이걸 찧어서 상처에 붙이면 되니까 조금만 기다리셔요."

장 나인은 참나무잎을 바윗돌에 대고 콩콩 찧고, 연화는 앞치마

아랫단에서 깨끗한 부분을 북 찢어 상처를 동여맬 준비를 했다. 잠시 후 참나무잎이 다 찧어지자 진무가 말했다.

"내가 대군마마를 지혈해 드리겠소. 물러들 있으시오."

"그래, 그러는 게 좋겠구나. 진무는 내가 해 주마."

곧 둘은 서로 찧은 참나무잎을 상처에 붙여 주고 무명천으로 힘껏 동여매서 지혈했다.

잠시 후 효림이 먼저 가겠다며 말에 오르더니, 살짝 미소를 지으며 말했다.

"덕분에 잘 치료하고 가오."

체리는 고개를 저었다.

"아니, 제가 한 것도 없는데……."

"지혈해야 한다고 한 게 낭자 아니오? 덕분에 조치를 잘했소."

"그거야 출혈이 심하시길래……."

"암튼 우리는 먼저 갈 테니 천천히 오시오. 진무야, 가자."

"예, 대군마마."

"참, 여기서 나하고 진무를 만난 일일랑 함구해 주시오. 장 나인과 연화에게도 부탁하네."

"예, 알겠습니다."

"그리하겠습니다, 대군마마."

장 나인과 연화가 동시에 대답했다.

곧 효림과 진무가 말발굽 소리를 울리며 홍화밭을 떠났다. 체리는 밭둑에 선 채 멀어져 가는 효림의 뒷모습을 바라보았다. 이상하게도 가슴이 풍선처럼 부풀어 오르면서 두 뺨이 달아올랐다. 세상에 태어나 처음 느끼는 이상하고 낯선 감정이었다.

'헐! 혹시 이거 썸? 나랑 꽃선비랑 썸 타는 건가? 효림 대군도 나를 보는 눈길에 꿀이 뚝뚝 떨어지던데……. 어맛, 조선에 와서 썸을 탈 줄이야!'

네가 단매에 죽어 봐야 정신을 차리겠지?

한가위가 지나자 날씨가 제법 선선해졌다. 체리는 아침부터 마음이 바빴다. 공주와의 필담 사건 이후 20일 만에 동별당에 가는 날이기 때문이다. 오늘을 위해 준비한 비장의 무기, 즉 손수 만든 화장품을 행담*에 챙겨 넣고 서둘러 동별당으로 향했다.

다행히 아무 일 없이 공주방 문지방을 무사통과했다. 그런데 먼저 온 손님인지, 공주 앞에 앉아 있던 규수가 알은체를 하는 것이었다.

"아, 서별당에 새로 오셨다는 분이시군요."

하얀 얼굴에 앵두처럼 붉은 입술, 초승달 모양 눈썹에 초롱초롱

* 행담(行擔) : 길 가는 데에 가지고 다니는 작은 상자. 흔히 싸리나 버들 따위를 결어 만든다.

하면서도 반달 같은 눈, 한양 최고 패셔니스트처럼 잘 차려입은 옷차림……. 낯이 익은데 누구지? 아, 맞다. 소향이라는 규수! 후원 누각 앞에서 효림 대군과 얘기하던 한양 최고 퀸카.

알기는 안다만 알은체할 수가 없어 묵례만 하자, 소향이 다시 말했다.

"이리 앉으세요. 공주마마, 강 규수도 같이 자리해도 되겠지요?"

소향은 이미 체리가 올 거라는 것도 알고 있고 이름과 신분, 정체를 다 파악한 눈치였다. 하지만 공주가 여느 때처럼 말이 없자 제멋대로 교통정리를 해 버렸다.

"윤 상궁님, 강 규수님 차도 내오시지요? 같이 담소나 나누게."

"예, 그리하지요."

윤 상궁의 지시에 나인들이 곧 체리 앞에도 다과상을 내왔다.

"저는 민소향이라 합니다. 공주마마하고 어릴 때부터 동무로 지내 자주 들르지요."

소향이 자기소개를 하자 뒤에 서 있던 윤 상궁이 보충 설명을 했다.

"병판 대감댁 외동따님이시라오."

'병판 대감 외동딸? 아니 그럼 효림 대군 정적의 딸? 홍화꽃을 따러 갔을 때 효림 대군과 진무 무사에게 자객을 보낸 게 병판일 거라고 했었잖아. 이게 어찌 된 일이지?'

체리는 의아해하면서도 공손히 인사를 했다.

"예, 저는 강체리라 합니다."

"알고 있어요. 듣던 대로 고우시네요. 근데 뭘 갖고 오신 거예요?"

체리의 손에 들린 행담을 가리키며 소향이 물었다.

"제가 만든 화장품들이어요. 오늘부터 공주마마를 단장해 드리려고요."

"공주마마를 단장해 드려요? 왜요?"

"아…… 그게 제 미션, 아니 임무라서요."

"그러시구나. 근데 화장품도 손수 만들고 화장도 전문적으로 하세요? 매분구도 아니신데?"

"예, 대군마마께서 보염서 나인으로 일하던 이를 보내 주셔서 배워 봤지요."

"어머, 보염서 나인 출신한테 배우셨음 제대로 배우셨겠네요. 우리 공주마마 너무 예뻐지시는 거 아닐까? 얼른 해 보셔요. 저도 배워 보게요."

소향의 재촉에 체리는 행담에서 화장품을 꺼낸 후 공주에게 공손히 아뢰었다.

"공주마마, 제가 오늘부터 마마를 곱게 화장해 드리려고 해요. 괜찮으시죠?"

체리는 당연히 공주가 좋다고 할 줄 알았다. 외모 콤플렉스 때문에 자살도 하려 했던 사람이니. 그런데 웬걸! 공주는 강하게 도리질을 했다.

"공주마마, 왜요? 보염서 출신한테서 배웠다는데……."

소향이 권했지만 공주는 계속 도리질만 할 뿐이었다. 체리는 당황스러웠다.

'공주마마, 왜 이러는 게요. 나 좀 얼른 임무 수행하고 리퍼블릭 오브 코리아로 돌아갑시다. 공주마마 살자고 앞날 창창한 이 소녀를 죽이려오?'

그러자 소향이 눈을 끔뻑끔뻑하더니 체리에게 이렇게 말했다.

"저한테 시범적으로 해 보신 다음 공주마마께 하면 어떨까요? 좀 걱정돼서 이러시는 거 같은데……."

"아닙니다. 공주마마께서 싫다 하시니 오늘은 이만 돌아가겠습니다."

"저한테 먼저 해 보시라니깐요. 강 규수님도 다짜고짜 공주마마께 화장하기보다는 연습 삼아 저한테 해 본 다음에 하는 게 좋지 않아요? 화장이 잘못돼도 괜찮으니 걱정 말고 제 얼굴에 맘껏 솜씨를 발휘해 보세요."

이렇게까지 제 얼굴을 바치겠다는데 싫다고 할 수가 있나. 체리는 윤 상궁에게 부탁해 온수를 갖다달라고 한 후, 온수에 적신 면포를 톡톡 두드려 소향의 얼굴을 깨끗이 닦아 냈다. 그런 다음 다시 깨끗한 면포에 미안수를 듬뿍 적셔 잠시 얼굴에 덮어 두었다. 건성인 소향의 피부에 수분이 흠뻑 흡수되도록 하기 위해서였다. 그러고 나서 분가루를 분첩에 묻혀 두드려 주니 분가루도 잘 먹은 듯하고 얼굴도 훨씬 뽀얘 보였다.

이번엔 입술 화장을 할 차례였다. 먼저 홍화꽃으로 만든 연지를 종지에 조금 덜어 내 분가루를 약간 뿌린 다음 기름 한 방울을 떨어뜨려 나무젓가락으로 되직하게 갰다. 그런 다음 연지용 붓에 조금씩 묻혀 입술에 은은하게 발라 주었다. 맨 마지막으로 한 것은 눈썹 화장. 족집게로 삐죽삐죽 나온 눈썹부터 뽑은 뒤, 눈썹털이 성근 부분을 미묵으로 채워 가며 초승달처럼 가늘고 길게 그려 주었다.

나름 온 정성을 들여 화장을 했기에 이만하면 잘됐으리라 체리는 확신했다. 성주댁과 연화, 장 나인 얼굴에 화장해 주었을 때도 만족스럽게 잘되었으니……. 그런데 맙소사! 화장을 다 끝낸 소향의 얼굴은 차마 볼 수가 없을 정도였다. 뺨에 바른 분가루가 들떠 푸석푸석하고, 입술은 쥐 잡아먹은 듯 새빨갰다. 눈썹 화장은 더 엉망진창이라, 그야말로 짝짝이 눈썹이었다.

'헉, 어떡하지? 완전 망쳤네.'

체리가 어쩔 줄 몰라 하자, 소향이 낌새를 챈 듯 면경을 보더니 소리를 질렀다.

"어머나! 얼굴이 왜 이래!"

"죄송합니다. 깨끗이 지우고 다시 해 보겠습니다. 한 번만 더 기회를 주세요."

체리가 사과했지만 소향은 고개를 저었다.

"아녜요. 그냥 깨끗이 지워만 주세요. 오늘은 더는 시간이 없네요."

"제가 큰 실수를 했습니다. 우리 가인살롱 식구들한테 연습했을 때는 잘되었는데……."

"괜찮아요. 공주마마께 했다가 망쳤으면 더 큰일이었을 텐데 저한테 했다가 이리 됐으니 차라리 잘됐지요. 저는 정말 괜찮으니 걱정 마세요."

"예, 그럼 지워만 드릴게요."

체리는 면포에 미안수를 적셔 소향의 얼굴에서 화장기를 살살 닦아 냈다. 창피하고 부끄러워 쥐구멍에라도 숨고 싶었다. 소향에게 했다가 망쳤으니 그나마 다행이지, 공주한테 그랬으면 어쨌을까 싶어 아찔하기도 했다. 좀 더 준비한 다음에 실전에 나설 것을 괜히 서둘렀나, 한숨도 절로 나왔다.

* * *

그로부터 이레가 지난 날, 체리는 다시 동별당으로 출동했다. 며칠 밤을 꼬박 새워 손수 만든 자존감 그림책 『망아지 마오마오』를 갖고서였다. 화장 솜씨를 공주가 아직은 신뢰하지 않을 것 같아 작전을 살짝 바꾼 것이다.

"공주마마, 오늘은 재미난 이야기를 해 드리려고 왔습니다. 그냥 얘기를 들려드리면 지루하실 것 같아서 제가 직접 글에다 그림을 그려 요렇게 그림책을 만들어 왔습니다."

체리가 행담에서 그림책을 꺼내 서안 위에 올려놓자, 공주가 표지를 슬쩍 보았다. 그러더니 책장을 주르르 펼치며 살펴보는 것이었다.

'오호, 이만하면 성공인데! 일단 공주가 관심을 보이잖아! 하긴 조선 시대에 이런 그림책은 처음일 거야. 망아지가 샘물에 제 모습을 비춰 보고 있는 표지 그림도 잘 그렸잖아? 글과 그림도 재미나고.'

체리는 왠지 자신감이 솟아 힘찬 말투로 물었다.

"그럼 읽어 드릴까요, 공주마마?"

공주가 고개를 끄덕거렸다. 체리는 공주가 잘 볼 수 있게끔 서안 위에 그림책을 세워 놓은 채 한줄 한줄, 한장 한장 읽어 내려갔다.

"옛날 옛날 어느 마을에 마오마오라는 망아지가 살았답니다. 하루는 마오마오가 동무들과 놀다가 맑은 샘물에 비친 자기 모습을 보게 되었지요. 그런데 동무는 무지무지 멋진데, 자기는 너무너무 못나 보이지 뭐예요? 마오마오는 시름에 잠기고 말았답니다."

여기까지 읽고 나서 공주의 반응을 살폈다. 사실 이 그림책은 청소년 캠프에서 봤던 외국 그림책이 생각나 주인공 이름을 '말 마(馬)' '나 오(吳)' 자를 써서 '마오마오'라 하고, 내용도 살짝 바꿔 만든 것이었다. 공주는 눈을 반짝반짝 빛내면서 그림책을 뚫어져라 보고 있었다.

‘오! 이 다이내믹한 반응! 공주가 꼼짝 않고 듣네. 저번 화장 작전은 참담 그 자체였는데 이 작전은 대성공?’

체리는 신이 나서 다음 장을 펼쳤다.

바로 그때였다. 등 뒤에서 갑자기 벼락 같은 호통이 떨어졌다.

“무슨 수작이냐, 당장 그만두지 못할까!”

깜짝 놀라 돌아보니, 화려한 옷차림을 한 중년 여인이 눈을 부라리고 있었다. 그 뒤쪽에는 어쩐 일인지 소향이 당황한 얼굴로 어정쩡하게 서 있었다.

“예를 갖추지 않고 뭐 하는 겐가? 대비마마시네.”

윤 상궁의 말에 체리는 얼른 일어나 고개를 조아렸다. 대비는 체리를 휙 밀치고 『망아지 마오마오』 책을 집어 들어 휘리릭 펼쳐 보았다. 그러더니 책을 바닥에 휙 내던지며 분노 핵폭발한 목소리로 말했다.

“네가 강가 체리라는 아이더냐?”

뭔가 불길한 예감이 들었지만 체리는 고개를 숙인 채 또박또박 대답했다.

“그러하옵니다, 대비마마.”

“허, 들은 대로 사내 여럿 후리게 생겼구나. 그러니 우리 효림…….”

대비가 매서운 눈길로 째려보며 말꼬리를 흐렸다.

‘허걱! 사내 여럿 후리게 생겼다니, 뭔 뜻? 그리고 효림 대군 얘기하려다가 그만둔 거 같은데, 뭐지?’

상황 파악이 안 돼 체리가 대비를 살짝 올려다본 순간, 왼쪽 뺨에 번쩍 불이 났다. 동시에 대비의 노한 목소리가 고막을 찢을 듯 쩌렁쩌렁 울려 퍼졌다.

"감히 날 쏘아봐? 네년이 민 규수 얼굴도 망쳐 놓았다지?"

체리는 얼얼한 뺨을 만지며 소향을 바라보았다. 이게 무슨 일인지, 대비가 왜 이러는지 그녀는 알고 있을 것만 같았다. 하지만 소향은 눈길을 피하며 고개를 푹 수그렸다.

대비가 다시 소리쳤다.

"그리고 저 요상한 책은 무엇이냐? 어찌 귀한 공주에게 망측스러운 망아지 그림이며 요망한 글을 보여 주는 게야?"

"대비마마, 저것은 요상한 책이 아니옵고, 소녀가 공주마마를 위해 손수 만든……."

말을 마치기도 전에 다시 눈앞이 번쩍했다.

"흐윽."

체리는 가까스로 울음을 삼켰다. 하지만 대비는 분이 안 풀린 듯 동별당이 떠나갈 듯 쩌렁쩌렁 소리쳤다.

"어느 안전이라고 토를 달아? 네년이 단매에 죽어 봐야 정신을 차리겠지? 여봐라! 이년을 끌어내 매질하고 저잣거리에 내다 버려라!"

나인들이 득달같이 달려들어 체리를 질질 끌고 나와 앞마당에 내동댕이쳤다.

'나한테 왜 이러는 거야! 내가 뭘 잘못을 했다고? 나 이대로 조선 땅에서 죽는 건가?'

흙바닥에 널브러진 체리는 공포에 휩싸였다. 하지만 그걸로 끝이 아니었다. 대청마루까지 쫓아 나온 대비가 노기 가득한 목소리로 외쳤다.

"뭣들 하느냐? 저년을 당장 멍석말이하지 않고!"

우락부락한 머슴 둘이 달려와 체리를 멍석에 돌돌 말았다. 그러나 차마 몽둥이질은 못 하고 대비 눈치를 보는 것 같았다.

"뭘 망설이느냐? 어서 저년을 매우 쳐라!"

대비의 불호령에 머슴 둘이 몽둥이를 휙 치켜들었다. 그때였다. 대청마루 한쪽에 공주와 함께 서 있던 소향이 버선발로 후닥닥 내려왔다. 그러고는 땅바닥에 무릎을 꿇은 채 머리를 조아렸다.

"대비마마, 고정하시옵소서! 노여움을 거둬 주소서!"

"무어라? 민 규수가 어찌 나서는 겐가?"

"송구하오나 소녀를 보아서라도 한 번만 자비를 베풀어 주소서. 감히 말씀드리나니, 강 규수가 비록 실수는 하였으나 공주마마를 위해 애쓰다가 그런 것이옵니다. 살펴 주시옵소서."

소향이 눈물까지 흘리며 애원하자 윤 상궁도 거들었다.

"대비마마, 민 규수의 말이 맞사옵니다. 자칫 심려만 커지실까 저어되옵니다. 공주마마께서도 울고 계시옵니다."

그제야 못 이기는 척 대비가 헛기침을 하며 말했다.

"민 규수를 보아 내 오늘은 이만 가겠다. 하지만 앞으로 또 허튼 수작을 하면 그때는 명줄을 끊어 놓을 것이니 명심하거라!"

대비는 찬바람을 피우며 휭 가 버렸다. 소향도 허둥지둥 그 뒤를 따랐다.

대비 일행이 저만치 멀어지고 나서야 연화가 쏜살같이 달려 나왔다.

"아기씨! 괜찮으셔요? 아이고, 아이고!"

연화는 울음을 터뜨리며 멍석에서 체리를 꺼내 주었다.

* * *

"아기씨가 계속 편찮으시니 어쩜 좋아요. 비까지 주룩주룩 내리니 더 심란하네."

귓전에서 연화 목소리가 어렴풋이 들렸다. 성주댁 목소리도 이어졌다.

"휴우, 그러니까. 난향당 오신 뒤로 이렇게 몸져누우신 적이 없는데……."

"그래도 너무 걱정은 말자고요. 우리 아기씨, 워낙 씩씩하셔서 곧 일어나실 거예요."

연화와 성주댁이 일어나 방을 나가는 소리가 들렸다. 그제야 체리는 살며시 눈을 떴다.

사실 조금 전에 깨어났지만, 자는 척 눈을 감고 있었다. 사흘 전의 일은 정말이지 엄청난 충격이었다. 대비가 격노한 원인을 몰랐기에 자칫 조선 땅에서 개죽음을 당할지도 모른다는 두려움이 컸기 때문이었다. 더구나 그날은 생일이었다. 생일날에 험한 꼴을 당했으니 충격이 더 클 수밖에 없었다.

그래도 조금 정신을 차리고 나니 소향에게 고마운 마음이 들었다. 소향이 없었다면 이미 이 세상 사람이 아닐지도 모르니까. 궁금증도 모락모락 피어났다.

'그날 대비는 왜 소향을 데리고 왔으며, 그녀는 왜 나를 두둔한 거지?'

머리가 아직 아팠지만 체리는 일어나 앉았다. 병판 대감 집을 알아내서 소향을 만나러 갈 생각이었다. 그런데 바로 그때 소향이 찾아왔다고 연화가 알려 왔다.

'호랑이도 제 말 하면 온다더니, 때마침 잘 왔네.'

체리는 옷매무새를 바로잡고 밖으로 나갔다. 약첩 꾸러미를 손에 든 소향이 묵례를 한 후 말했다.

"많이 해쓱하시네요. 진작부터 오려 했는데 일이 있어 여의치 않았습니다. 오늘 마침 시간이 나서……."

"예, 거의 다 나았습니다. 안 그래도 찾아뵈려던 참이에요. 고맙기도 하고, 또 대비마마께서 왜 그리 노하셨는지 궁금하기도 해서요."

"그러셨군요. 서로 마음이 통했나 봐요."

"제 작업실로 가시지요. 거기가 얘기 나누기 편할 거여요."

"조선가인살롱이요? 방문 위에 현판이 있더라고요."

"아, 보셨군요. 원래 종이에 써서 붙였었는데, 대군마마께서 손수 쓰신 현판을 하사해 주셨어요. 공주마마를 위해 많이 애써 달라시면서."

체리가 설명하자 소향의 낯빛이 조금 어두워졌다. 하지만 체리는 눈치채지 못하고 소향을 가인살롱으로 안내했다. 소향은 의자에 앉자마자 약첩 꾸러미를 가만히 내밀었다.

"약첩 좀 지어 왔습니다. 놀란 데 잘 듣는 약이라 합니다. 달여 드시어요."

"와 주신 것도 고마운데 약까지……. 잘 먹을게요. 그날도 민 규수님 아니었으면 뼈도 못 추릴 뻔, 아, 큰일 날 뻔했는데 정말 고맙습니다."

"고맙기는요! 그런 일을 당하시는데 어찌 두고만 볼 수 있겠어요?"

"그래도 대비마마 앞에 쉽게 나서기 힘들지요."

"저 때문에 대비마마께서 노하셨는데 가만히 있으면 제가 비겁한 사람이지요."

"민 규수님 때문에 대비마마가 노하셨다고요?"

"예, 실은 그날 제가 대비마마를 뵈러 갔는데요."

그날 왜 그런 일이 벌어졌는지 소향은 찬찬히 이야기했다. 어떻게 된 거냐면, 대비전에서 들르라는 전갈이 와서 그날 소향이 대비를 만나러 갔다고 한다. 그런데 체리가 소향의 얼굴에 화장을 해주다가 망쳐 버린 사건을 이미 대비가 알고 있더란다. 소향은 놀라 사실대로 말했다고 한다. 원래는 공주를 단장시켜 주려 했다는 것, 공주가 싫다고 해서 소향 스스로 얼굴을 내주었다는 것, 그런데 열심히 했지만 긴장을 많이 해서 실수한 것 같다고 말이다.

"그런데 대비마마께서요, 효림 대군께서 직접 글씨를 써서 조선가인살롱 현판을 하사하신 것도 알고 계시더라고요. 그러면서 당장 난향당에 가 보자고 하시더니 그만 일이 그렇게……. 아무튼 저 때문에 일어난 일이고, 강 규수께서 많이 놀라셨을 거 같아 이리 찾아왔습니다."

체리는 이해가 가지 않았다. 소향의 화장을 망친 게 대비가 그토록 화낼 일인가 싶어서. 그날 화장을 망친 게 공주라면 또 몰라. 그래도 소향만큼은 다시 보였다. 병판 대감의 외동딸로 곱게 자란 엄친딸에 금수저이지만 마음이 정말 맑고 순수한 것 같았다.

"예, 어찌 된 일인지는 알겠어요. 그런데 오늘 공주마마도 뵈었는지요? 그날 이후 못 뵈어서 공주마마는 어떠신지 궁금하네요."

"지금 뵙고 오는 길입니다. 공주마마도 많이 놀라셔서 이틀 동안 식사도 못 하셨다던데, 오늘은 조금 나아지셨답니다. 그나저나 저번에 강 규수님이 읽어 드린 서화집을 공주마마께서 아주 옆에 끼고 보시던데요?"

체리는 깜짝 놀랐다. 경황이 없어 그림책을 공주 방에 놓고 온 것도 그제야 생각났다.

“그 책을 공주마마께 읽어 드렸다고 대비마마께서 격노하셨는데, 공주마마께서 보시면 문제가 되지 않으려나요?”

“글쎄요, 저도 봤는데 나쁜 내용은커녕 공주마마께 도움이 될 책 같던데요. 강 규수님이 손수 만드셨다던데 글솜씨도 그림 솜씨도 정말 좋으세요.”

“그렇게 보셨어요? 감사합니다.”

체리는 손수 만든 그림책을 공주도 즐겨 보고, 소향도 이리 칭찬해 주니 모처럼 마음이 흐뭇했다.

성주댁이 내온 국화차를 마시며 이야기를 좀 더 나눈 후 소향은 집으로 돌아갔다. 충격과 상처를 받았던 마음이 그녀 덕분에 조금은 힐링됐을 때쯤, 이번엔 효림 대군이 찾아왔다. 그를 은근히 기다렸던 체리는 반가운 마음이 들었지만, 한편으론 이제야 온 것이 사뭇 밉기도 했다.

‘흥, 빨리도 나타나셨네. 자기 할머니 때문에 내가 죽을 뻔했는데 이제야 와?’

그런데 효림은 안으로 들어올 생각도 않고 앞뜰에 선 채 조그만 상자를 내밀었다.

“너무 늦게 소식을 들었소. 할마마마께서 뭔가 오해하신 모양인데 험한 일을 겪게 해 미안하오. 그리고 이건, 앵두정과요. 입맛 쓸

때 한 개씩 꺼내 먹어 보오."

"왜 이런 걸……."

체리가 머뭇거리며 선뜻 받지 못하자 효림이 직접 체리의 손에 상자를 쥐여 주었다. 그러고는 무심한 투로 불쑥 한마디를 내뱉는 것이었다.

"이제부턴 내가 낭자를 지켜 줄 것이오. 아무 걱정 마시오."

"예에? 저를 왜 대군마마께서? 그게 무슨 말씀이세요?"

체리가 눈을 동그랗게 뜨고 되묻자, 효림이 벌게진 얼굴로 더듬더듬 대답했다.

"아, 아니, 그, 그게, 그러니까…… 다시는 그런 일이 없도록 하겠다는 것이오. 그럼 난 이만."

이러고서 효림은 휑하니 가 버렸다. 체리는 얼떨떨하기도 하고 어이없기도 했다.

'뭐야? 그런 험한 일을 당한 줄 알았으면 몸은 괜찮냐 어쩌냐 물어보기라도 해야지. 이딴 거나 휙 던져 주고 지켜 주네 마네 하고서 가버려? 근데 앵두정과가 뭐지?'

체리는 효림이 주고 간 상자를 살그머니 열어 보았다. 쪼그라들긴 했지만, 반짝반짝 빛나는 앵두정과들이 고급 한지에 싸인 채 담겨 있었다. 그중 하나를 꺼내 입에 넣어 보았다. 달콤새큼한 것이 입 안에서 사르르 녹으며 향긋한 앵두 향이 온몸 가득 퍼져 나갔다. 마치 첫사랑처럼.

윤곽 화장술 VS 반(反)윤곽 화장술

가을 한가운데로 접어들며 방방곡곡에 단풍이 들기 시작했다. 난향당 곳곳에 있는 나무들도 울긋불긋 곱게 물들어 갔다.

점심을 먹자마자 체리는 효연 공주에게 갈 채비를 했다. 동별당에 가려면 이제는 준비할 게 많았다. 화장품 종류만 해도 가지가지이고 화장 관련 서책, 자존감 그림책도 챙겨야 했다. 필요한 것들을 행담에 차곡차곡 넣고 자리에서 일어나는데 밖에서 연화가 재촉했다.

"아기씨, 늦겠어요. 얼른 나오셔요!"

"그래, 나간다!"

행담을 챙겨 들고 나가자 연화가 건네받으며 말했다.

"아기씨, 반윤곽 화장술이 공주마마께 통할까요? 어울릴까요?"

"그러게. 너한테 제법 잘 어울렸으니 공주마마께도 어울릴 거야. 너랑 공주마마랑 좀 비슷하잖아. 피부도 약간 가무잡잡하고, 이목구비며 얼굴 선도 뚜렷하고."

"그쵸, 그쵸? 저도 이 화장술 넘 마음에 들어요. 그러니까 떨지 말고 공주마마께도 잘해 보시어요."

"그래, 안 떨고 안 쫄고 잘해 볼게."

요즘 체리는 '공주마마 가인 만들기' 미션이 나름 잘돼 가고 있어 신이 났다. 아직 큰 성과는 없지만 공주가 자신을 자주 찾는 것만으로도 좋았다. 그래서 최근엔 거의 매일같이 동별당으로 가서 공주와 시간을 보냈다.

명석말이 사건 이후, 공주는 부쩍 체리를 가까이하고자 했다. 자존감 그림책을 읽어 주는 걸 좋아하는 것은 물론이고 체리가 화장해 주는 것도 마다하지 않았다. 체리의 정성과 노력이 통했기 때문이기도 하고 대비가 체리를 가혹하게 대한 걸 보고 측은지심이 생겨난 것 같았다. 그래서 조금씩 마음을 열기 시작한 것이다.

이렇다 보니 체리는 몸이 열 개라도 남아나지 않을 지경으로 바빴다. 화장술 익히고 연구하랴, 화장품 만들랴, 자존감 향상술 연구하랴, 시시때때로 공주 만나러 가랴.

문제는 벌써 세 번쯤 화장을 해 봤는데도 아직까지 공주의 얼굴에 큰 변화가 없었다는 것이다. 처음엔 화장 솜씨가 부족해서 그런가 생각했다. 물론 그런 면도 아주 없지는 않았을 거다. 하지만 그보다는 공주의 이목구비가 워낙 뚜렷해 조선 화장술로는 커버하는 데 한계가 있는 것 같았다.

장 나인에게 배운 바에 따르면 조선 화장술은 21세기의 기초화장 격인 담장,* 누드 메이크업처럼 한 듯 안 한 듯 연하게 하는 농장,** 기녀들이 주로 하는 진한 색조 화장인 염장,*** 혼례 등을 치를 때 하는 응장† 등 네 가지로 나뉜다. 이 중에서 화장으로 드라마틱한 효과를 보려면 염장을 해야 하는데, 지엄한 공주마마 신분으로 기녀들이 하는 진한 화장을 할 수는 없었다.

그래서 체리는 엄청 고민했다. 21세기 조각 미녀 스타일인 공주의 얼굴을 어떻게 해야 19세기 조선 미인 스타일로 바꿀까 하고. 그래서 생각해 낸 게 바로 '반(反)윤곽 화장술'이었다! 유튜브로 배웠던 '컨투어링 메이크업', 즉 윤곽 화장술을 반대로 적용한 것이다. 이목구비가 뚜렷하지 않고 밋밋한 얼굴에 음영을 넣어 이목구비가 뚜렷하고 V라인 얼굴로 만들어 주는 게 컨투어링 메이크업이라면, 반윤곽 화장술은 그 반대로 이목구비의 윤곽을 죽여 〈미인도〉의 여인처럼 얼굴을 밋밋하면서도 동그스름하게 보이게 하는 것이었다. 이런 생각으로 조선 여인치고는 공주처럼 이목구비가 뚜렷한 연화에게 반윤곽 화장술을 시도해 봤는데 담장이나 농

* 담장(淡粧) : 미안수 정도만 발라 피부를 깨끗하고 촉촉하며 뽀얗게 보이도록 하는 기초화장.
** 농장(濃粧) : 농도를 조금 더해 약간의 색조 화장을 한 정도의 단계. 오늘날의 누드 메이크업 수준.
*** 염장(艶粧) : 화려하고 짙은 색조 화장.
† 응장(凝粧) : 의식에 참석할 때 하는 매우 화려한 화장.

장을 했을 때보다 훨씬 좋아 보였다. 그래서 공주에게도 오늘 처음으로 반윤곽 화장술을 해 보기로 했다.

'아, 반윤곽 화장술이 공주에게 잘 먹히면 좋겠다. 그래야 내가 21세기로 돌아가잖아. 하느님 부처님 산신령님, 아, 또 그 뭣이냐 천지신명님. 제발 오늘 일이 잘되게 해 주소서!'

체리는 이렇게 기도하며 발걸음을 재촉했다.

* * *

연화까지 데리고서 공주 방에 들어서니 오늘따라 공주의 기분이 좋아 보였다. 다행이라 여기면서 체리는 공주에게 말했다.

"공주마마, 오늘은 제가 반윤곽 화장술이라는 걸 준비해 왔습니다. 그게 뭐냐면요, 연화한테 시범적으로 해 보이면서 설명해 드릴게요."

그런데 공주가 고개를 젓더니 종이에 이렇게 적는 것이었다.

망쳐도 괜찮으니 나한테 직접 하거라.

체리가 어리둥절해하자 윤 상궁이 말했다.

"이제 공주마마께서 강 규수를 많이 신뢰하시네. 그러니 시간 끌지 말고 공주마마께 직접 해 드리게."

"어머나, 진짜요? 그럼 제가 성심을 다해 공주마마를 곱게 단장해 드리겠습니다. 반듯하게 앉아 보세요."

체리는 신이 나서 행담에서 화장품과 화장 용구를 꺼냈다. 하얀 분가루를 담은 백분과 도홧빛의 색분, 세 가지 색깔의 연지, 짙은 미묵과 옅은 미묵, 윤안향밀,* 면포, 미안수, 연지 붓, 미용 그릇 등을 펼쳐 놓았다. 연지는 직접 만들었고 청나라 화장품이라는 윤안향밀은 효림 대군이 구해다 준 것이었다.

먼저 미안수를 듬뿍 적신 면포를 공주의 얼굴에 덮고 이마와 콧등, 두 뺨, 눈가와 입가, 콧날 순으로 사뿐사뿐 눌러 주었다. 그리고 잠시 후 면포를 걷어 낸 다음 윤안향밀을 곳곳에 정성껏 펴 발랐다.

기초화장을 끝냈으니 이제부터는 반윤곽 화장을 해야 할 차례. 21세기에서는 컨투어링 메이크업을 할 때 주로 셰이딩으로 얼굴 음영을 표현하지만 조선에서는 분가루를 쓸 수밖에 없었다. 체리는 백자 분합에서는 백분을, 연분홍빛 분합에서는 도홧빛 색분을 덜어 접시에 담아냈다. 그러고는 분첩을 톡톡 두드려 얼굴 전체에는 백분을 골고루 펴 바르고, 귀에서 두 뺨 중앙까지는 도홧빛 색분을 넓게 펴 발랐다. 살이 없어 홀쭉하고 광대뼈가 튀어나온 볼을 통통하면서도 밋밋하고 복스러운 느낌이 나게 하기 위해서였

* 윤안향밀(潤顏香密) : 조선 시대 기초화장품 중의 하나로, 고려 시대의 면약과 비슷하며 오늘날의 영양크림 격. 꿀 찌꺼기에 향을 가미해 만들었고 피부에 윤기와 보습을 강화하는 용도로 썼다.

다. 오뚝한 코에도 콧등은 죽이고 콧방울은 강조하는 화장을 해서 납작납작 보이게끔 신경을 썼다.

다음은 눈매 화장 순서. 우선 눈매가 좀 긴 듯하게 보이도록 공주의 눈꼬리를 미묵으로 길게 그려 주었다. 굵게 쌍까풀이 진 데다 동그랗고 커다란 공주의 눈이 한결 작고 가느다래 보였다.

이번엔 입술 화장을 시작했다. 조선의 미인상과 비교하면 공주의 입술은 너무 큼직하고 붉은 것이 흠인지라 최대한 작고 색깔도 조금 옅어 보이게 하는 게 과제였다. 그래서 입술 전체에 백분을 발라 전체적으로 붉은 기운을 없앤 다음, 연지에 백분과 기름을 섞어 연지 붓으로 조심조심 칠했다.

마지막 순서는 눈썹 화장이었다. 공주의 눈썹은 짙고 숱이 많아 강하면서도 개성적으로 보이지만, 초승달 같은 눈썹을 최고로 치는 조선 미인의 기준으로 볼 때는 낮은 점수를 받을 수밖에 없었다. 그래서 체리는 족집게로 숱부터 가지런히 정리한 다음, 짙은 미묵과 옅은 미묵을 적절히 사용해 눈썹을 최대한 가늘고 길게 그렸다.

이렇게 화장을 정성껏 한 후 공주의 얼굴을 살펴보니, 정말이지 원래 모습과는 많이 달라 보였다.

'오홋! 이만하면 대성공이잖아!'

체리는 공주에게 면경을 내밀었다.

"공주마마, 화장이 어찌 되었는지 한번 보세요."

공주가 궁금증 가득한 얼굴로 면경을 보았다. 체리는 가슴이 조마조마했다. 그런데 공주가 환한 미소를 띠면서 이렇게 천천히 말하는 게 아닌가.

"좋, 아. 아, 주. 마, 음에 들, 어."

"정말요, 공주마마? 진짜 마음에 드세요?

공주는 흡족한 듯 고개를 크게 끄덕거렸다. 체리는 기뻐 공주를 와락 껴안았다. 가슴이 울컥하면서 눈물이 쏟아졌다. 드디어 바늘로 꿰맨 듯 꾹 닫혀 있던 공주의 마음이 열리고 말문도 터진 것이다.

* * *

"공주마마! 어깨와 허리를 꼿꼿이 세우고 좀 더 당당히 걸어 보세요!"

"어떻게? 응, 이, 이렇게?"

공주가 어깨와 허리를 쭉 피더니, 아까보단 좀 더 성큼성큼 걸음을 옮겼다.

지금 공주는 자존감을 높이는 당당한 자세 갖기 연습, 그러니까 21세기 스타일로 말하자면 '자존감을 UP시키는 파워 포즈'를 연습 중이었다. 체리가 청소년 자존감 향상 캠프에서 배웠던 것 중 하나였다. 한 달 전 반윤곽 화장술로 공주의 마음 문과 말문을 열게 한 후, 요즘엔 이렇게 자존감을 높이는 자세 만들기에 열중하고 있었다.

이틀째 연습 중이건만 공주의 걸음걸이는 아직 엉성하기만 했다. 체리는 고개를 설레설레 흔들었다.

“아녜요, 공주마마. 그게 뭐가 당당해요! 아직 멀었어요!”

“칫, 그럼 어떻게 하라고?”

“좀 더 보란 듯이요. 세상 사람들한테 ‘여봐라, 다 덤벼!’ 하듯이요. 저를 따라 해 보세요.”

아무래도 시범을 보여야겠다 싶어 체리는 패션모델이 런웨이를 걷듯 한쪽 손을 허리에 척 걸친 채 성큼성큼 걸어 보였다. 어깨와 허리는 쭉 펴고, 턱은 치켜들고, 눈길은 먼 산을 보듯 멀찌감치 두고서.

“어때요, 저 많이 당당해 보이죠? 자존감 철철 넘치는 낭자 같죠?”

“당당하기보다는 건방져 보이는데?”

공주가 장난스럽게 말했다.

“호호, 좀 그렇긴 하죠? 실은 조금 과장해서 보여 드렸어요. 이렇게까지는 안 하더라도 좀 더 당당히 걸어 보시란 거예요. 자세만 꼿꼿이 해도 자존감이 높아진대요. 그동안 우리 공주마마, 어깨는 축 늘어지고 허리는 구부정하셨잖아요. 자, 이렇게 등허리를 꼿꼿이 펴시고, 어깨도 쭉쭉 높이시고.”

체리는 공주의 등허리와 어깨를 꼿꼿이 세워 주고 보폭을 좀 큼직하게 잡아 한 걸음 한 걸음 걸어가게 했다. 공주는 이제야 알아

챈 듯 훨씬 안정된 자세로 당당한 걸음걸이를 선보였다.

"우아! 공주마마 최고! 이제 제대로 하시는데요? 진짜 멋있고 당당해 보여요. 활기차 보이고요."

"정말? 나 잘했어?"

"그렇다니까요. 지금처럼만 하시면 우리 공주마마 조선 최고 가인 되는 건 시간문제예요."

체리가 칭찬을 한 보따리 늘어놓자 공주가 해맑게 웃었다.

"가인은 무슨. 그렇게까지 안 되도 좋아. 강 규수 덕분에 이렇게 살도 통통히 찌고 얼굴도 고와지고 자신감도 생기고. 이것만으로도 행복해. 다 죽어 가던 내가 강 규수 덕분에 살았잖아."

"아닙니다, 제가 되레 공주마마께 감사해요. 아무리 저 혼자 노력해도 마마께서 안 따라와 주셨으면 불가능했을 일이니까요."

정말 지난 한 달은 두 사람에게 참으로 중요한 시간이었다. 반윤곽 화장술이 의외로 잘 어울리자 공주는 체리를 더욱 신뢰하게 되었다. 체리는 체리대로 힘이 나서 장 나인과 함께 이런저런 화장품도 더 만들어 보고, 화장술도 더 열심히 연구했다.

그뿐 아니라 공주를 통통하게 살찌우는 데도 온 힘을 기울였다. 공주는 21세기라면 누구나 부러워할 만한 55사이즈였지만 조선 시대 기준으로 보면 너무 마른 몸매였기 때문이다. 그래서 윤 상궁에게 부탁해 영양가 가득한 식단을 짜게 하는 한편, 하루 한 끼 정도는 공주가 식사할 때 곁에 바짝 붙어 앉아 이 반찬 저 반찬 권

하면서 한 순갈이라도 더 먹을 수 있게 신경을 썼다. 결과는 아주 놀라웠다. 홀쭉하기만 했던 공주의 뺨에 살이 통통히 오르고, 뾰족했던 V라인 턱은 둥글둥글한 U라인 턱이 된 것이다.

그렇게 한 시간쯤 공주에게 자세 훈련을 시킨 후 체리는 서별당으로 돌아왔다. 그런데 오는 길에 연화가 이런 말을 꺼냈다.

"아기씨, 소문 들으셨어요? 얼마 전 빈궁마마 삼간택*이 끝났는데 민 규수님 사촌언니분이 뽑혔대요."

"난 못 들었는데, 그런 일에 관심도 없고. 암튼 민 규수님은 좋겠네. 사촌언니가 빈궁마마가 되셨으니."

"맞아요. 근데 빈궁마마 삼간택에서 떨어진 규수가 목을 매고 죽었대요. 영의정 대감 외동따님인데 말이지요."

관심 없는 일이긴 해도 체리는 깜짝 놀랐다.

"아니, 왜? 빈궁마마가 되지 못했다고 그런 거야?"

연화가 목소리를 낮추며 속닥거렸다.

"예, 실은 영의정 대감 따님이 빈궁마마로 내정됐는데 막판에 용한 관상쟁이가 그 규수님을 보고 세자빈 상이기는 해도 왕비의 상은 못 된다, 하는 바람에 떨어졌대요. 그 얘기가 규수 귀에까지 들어가서 죽은 거고요. 왕비의 상이 아닌 자가 왕비를 꿈꾸었으니 죽는 게 낫다, 이런 유서까지 남기고서요. 참 안됐지요?"

* 삼간택(三揀擇): 예전에 임금, 왕자, 왕녀의 배우자를 고를 때 세 번에 걸쳐 고른 다음에 결정하는 일을 이르던 말.

"그러게. 꽃다운 나이에 죽다니, 너무 안됐다. 근데 너는 별 얘기를 다 아는구나. 평소에도 대궐 얘기를 많이 알더니."

"무수리*로 일하는 언니가 있어서요. 대궐 얘기 옮기면 안 된다면서도 저한테는 곧잘 해 주어요. 아기씨도 다른 사람한테 옮길 일 없으시니 제가 특별히 해 드리는 거여요."

연화의 얘기를 듣고 나니 홍화밭에서 들었던 효림 대군의 말이 떠올랐다.

'아, 조선은 정말 관상 때문에 여러 가지 문제가 있나 보구나. 대한민국에 외모지상주의가 판친다면 조선은 관상지상주의 사회인가? 이래서 효림 대군이 관상 문제를 바로잡으려고 하나?'

관상 이야기를 하니 문득 효림이 궁금해졌다.

'왜 요새 통 난향당에 안 오지? 바쁜 일이라도 있나?'

* 무수리: 궁궐 각 처소에서 물을 긷거나 불 때는 일을 하던 여인들. 민간의 여인들로 집에서 출퇴근을 했다.

실버들을 천만사 늘여 놓고도

빼리리리 빼리리리~ 구성진 피리 소리가 강물 위로 퍼져 나갔다. 효림 대군이 나룻배 뱃머리에 앉아 피리를 불고 있었다.

"어머나, 대군마마께서 어쩜 저렇게 피리를 잘 부신대요? 너무 근사하시다."

연화가 눈을 동그랗게 뜨고 속닥거렸다. 체리도 뜻밖이라고 생각했지만, 못 들은 척 딴소리를 했다.

"뱃놀이 나오니까 참 좋다. 가슴이 확 트이잖아."

"그러게요. 바람도 선선하고 햇살도 따스하고, 뱃놀이하기 딱 좋은 날이에요."

연화가 웃으며 대답했다.

체리와 효림, 진무와 연화는 지금 한강 뱃놀이를 나온 참이었다.

체리 덕분에 공주가 눈에 띄게 좋아지자 효림이 그 노고를 치하한다며 제안해 나오게 된 것이다. 원래는 공주도 함께 오려 했는데 감기 기운이 있어 갑자기 빠지게 되었다.

한강의 가을 풍경은 말로 표현할 수 없을 만큼 아름다웠다. 강물결은 햇살에 은빛으로 반짝이고, 숲과 누정이 어우러진 강변은 물론이고 강 한복판에 떠 있는 작은 섬들에도 꽃단풍이 빨갰다. 강물 위에는 체리 일행이 탄 배 말고도 장사치와 행인들을 실은 나룻배가 서너 척 떠가고 있었다.

강바람이 휘이익 불어 섬에서 날아온 낙엽들이 뱃전으로 우수수 떨어졌다. 효림이 허리를 숙여 낙엽들을 헤집더니 새빨간 단풍잎과 샛노란 은행잎 몇 잎을 주워서 체리에게 넌지시 건넸다.

"뱃놀이 기념이오. 별것 아니지만 잘 말려서 서책 갈피에 꽂아 보오."

'뭐야? 뱃놀이 기념? 별것 아닌 줄 알면서 주긴 왜 주나?'

그래도 주는 사람 성의를 무시할 수도 없고, 체리는 단풍잎과 은행잎을 건네받았다. 그런데 갑자기 가슴이 두근두근 뜀박질을 하는 것이었다. 지난번에 앵두정과를 받았을 때처럼.

그때 풍악 소리를 요란하게 울리며 커다란 나룻배 한 척이 이쪽으로 다가왔다. 체리 일행이 탄 배보다 두어 배는 더 커 보였다. 배에 탄 사람들은 나이 어린 선비들과 기녀들이었다. 선비들이 기녀들을 호령하는 소리며 웃음소리가 점점 가까이 들려왔다.

"꽤나 시끄럽구먼. 사공! 노 좀 더 빨리 젓게나. 저 배 피해서 얼른 가세."

효림이 성가셔하는 표정으로 늙은 사공을 재촉했다.

"예, 속도를 높이겠습니다, 나리."

사공이 굽실거리며 노를 더 힘차게 저었다. 하지만 체리 일행이 탄 나룻배보다 저쪽 나룻배의 속도가 훨씬 더 빨랐다. 게다가 그 배는 작정하고 이쪽으로 돌진해 오는 것 같았다. 진무가 다급히 말했다.

"대군마마, 박 지평* 나리와 의칠공 계원들인데요?"

"뭐어? 박 지평하고 의칠공?"

효림이 난감한 표정을 지었다.

"저자들이 왜 여기 있어? 박 지평은 사헌부에 있어야 할 시간에 웬 한강 나들이? 의리의 칠공자는 오늘 성균관 노는 날인가?"

때마침 저쪽 일행이 탄 배가 가까이 다가왔다. 그중 가장 훤칠하게 생긴 자가 알은체를 했다.

"어이쿠, 경애하는 대군마마 아니시옵니까? 한강엔 웬일이십니까?"

그 말을 신호로, 선비들이 갓을 살짝 들어 올리며 일제히 고개를 숙였다. 화려한 옷차림에 전모**를 삐뚜름하게 쓰고 짙은 화장

* 지평(持平): 조선 시대에 정치를 논의하고 풍속을 바로잡으며 관리들의 잘못을 조사하여 책임을 규탄하는 일을 맡아보던 관아인 사헌부의 정오품 관직.

을 한 기녀들도 몸을 배배 꼬며 인사했다. 그중 꽤나 아리따운 기녀 하나가 전모를 추켜올리며 코맹맹이 소리로 말했다.

"어머나! 우리 대군마마 보고파서 목 빠지나 했더니 여기서 뵙네요. 우리 기방에는 코빼기도 안 비추시더니 뱃놀이 나오셨어요?"

아까 그 선비가 웃음 머금은 표정으로 기녀를 나무랐다.

"매월이! 어디 대군마마께 버릇없이 구는가. 입 좀 다물게."

"에구, 지평 나리. 바른말도 못 합니까? 대군마마께서 너무하시잖아요. 지평 나리랑 그리도 뻔질나게 우리 기방을 들락날락하시더니만 요즘엔 발길을 뚝 끊으셨으니. 아리따운 꽃규수님이 곁에 있어 그러신가."

매월이라 불린 기녀가 연지 바른 새빨간 입술을 조잘거리며 체리를 쳐다봤다. 박 지평이라 불린 선비가 다시 기녀를 야단쳤다.

"그만하게. 어느 안전이라고 농지거리를 하는가!"

체리는 흥미진진해서 일행을 살그머니 둘러보았다.

'헐, 박 지평이라는 자가 효림 대군 동무이고 사헌부에서 일하나 보네. 젊은 나이에 꿀 보직 차지한 거 보니 공부깨나 했나 보군. 의칠공인지 하는 선비들은 성균관 유생들인 것 같고……. 그나저나 저 매월이란 기녀는 어찌 감히 대군한테 저리 천연덕스럽게 굴까? 데헷, 꽃선비께서 얼굴값 한다고 기방을 좀 출입하셨나 보네.'

** 전모(氈帽) : 조선 시대에 여자들이 나들이할 때 쓰던 모자의 하나.

그제야 효림이 헛기침을 큼큼하더니 말했다.

“박 지평하고 의칠공 벗님들은 백주에 기녀들까지 끼고 웬 호화스러운 뱃놀이요?”

스스럼없는 사이인 양 박 지평이 건들거리며 대답했다.

“그야 공무에, 학업에 바쁘다 보니 하루쯤 머리 식히러 나왔지요. 소신은 비번이옵고, 벗님들도 오늘 성균관이 쉬는 날입니다. 한데, 대군마마께서는 웬일이시옵니까? 배를 다 타시고…….”

“음, 그것이, 저…… 압구정에 급히 좀 다녀와야 할 일이 있어서.”

효림이 궁색하게 변명을 하자 박 지평 옆에 있던 유생이 끼어들었다.

“압구정을 급히 가시려면 말을 타는 게 훨씬 나으실 텐데요. 그러지 말고 뱃놀이 나오신 거라면 저희와 합류하시지요. 저기 박 지평네 누정에서 잠시 놀다 갈 참이었습니다.”

박 지평이 맞장구를 쳤다.

“그러시지요, 대군마마. 제가 보기에도 압구정은 뺑이옵고, 뱃놀이 나오신 듯한데. 외람되오나, 저 규수는 난향당에 와 있다는 조선가인살롱의 강 규수가 아닙니까?”

‘헐! 저 훈남 선비가 나는 어찌 알고, 조선가인살롱은 어찌 또 아남?’

체리는 화들짝 놀랐지만 효림은 침착하게 대답했다.

“맞네, 우리 공주를 위해 애써 주는 낭자라네. 덕분에 공주가 좋아져서 노고를 치하할 겸 함께 바람 쐬러 온 것일세. 공주도 오려 했는데 고뿔에 걸리는 바람에 나오질 못했네."

"반갑습니다. 말씀은 많이 들었습니다."

박 지평이 체리를 향해 묵례했다. 체리도 나름 교양 있는 조선 규수답게 가벼이 고개를 숙였다.

곧 일행은 배에서 내려 강변 야트막한 언덕에 있는 누정으로 향했다. 기녀들이 누정 바닥에 수북한 낙엽들을 치우고 간단한 다과상을 차렸다. 효림과 박 지평, 의칠공 계원들이 먼저 자리를 잡고, 그 옆으로 기녀 셋이 앉았다. 남녀칠세부동석인지라 체리는 혼자 따로 상을 받고 앉고, 진무와 연화는 주위를 경계하느라 정자 옆에 선 채 서성거렸다.

얼굴이 까무잡잡한 유생이 먼저 입을 열었다.

"대군마마, 한강에서 만난 것도 인연이니 돌아가며 가을 시 한 수씩 읊으면 어떻겠습니까?"

"아, 나는 좋네그려."

효림이 선선히 대답하자 까무잡잡 유생이 다시 말했다.

"박 지평, 그대가 먼저 하겠는가?"

"그럼세. 내가 먼저 읊어 봄세."

박 지평을 시작으로 효림과 유생들은 찻잔도 주거니 받거니, 시도 주거니 받거니 하면서 한바탕 떠들썩하게 놀았다. 기녀들도 질세라 시 한 수씩을 능청능청 읊었다. 그런데 까무잡잡 유생이 갑자기 체리에게 말했다.

"강 규수께서도 시 한 수 읊어 보시지요. 지성미가 있으셔서 시도 잘 지으실 것 같은데요?"

'뭐라고? 시를 읊어 보라고? 지성미가 있어서 시도 잘 지을 것 같다고? 아이고, 아니오, 아니라오. 시라고는 초딩 국어 시간에 동시 몇 편 써 본 게 고작이라오.'

당황한 체리의 마음을 대변이라도 하듯 효림이 손을 내저었다.

"시회 계원도 아닌데 무슨 시를 읊으라 하는가. 그냥 두시게."

난데없는 호출에 놀랐던 터라 체리도 재빨리 대답했다.

"예, 저는 듣는 것이 더 좋습니다. 시 읊는 건 사양하겠어요."

하지만 까무잡잡 유생은 손뼉까지 치면서 "시 한 수, 시 한 수!" 하고 외쳐 댔다. 박 지평까지 까무잡잡 유생을 거들었다.

"그리하시지요. 요새 규수들도 시회를 만들어 시를 주고받는 게 유행이라던데, 빼지 말고 한 수 읊으시지요."

'오 마이 갓김치! 조선 시대로 타임 슬립을 해서 별일을 다 겪고 있고만 놀고먹는 한량과 기녀들 앞에서 시까지 읊어야 하나?'

체리는 어이가 없었다. 하지만 가만 생각하니 오기가 발동하지 뭔가?

'그래, 내숭 떨며 얌전 빼는 건 내 성미에 안 맞지. 이참에 21세기 대한민국 낭자 대표로 시 한 수 읊어서 조선 청춘 남녀 기를 팍 죽여 보자. 근데 뭐를 읊지? 봄이라면 김소월 쌤의 「진달래꽃」이

딱인데, 가을이라 그건 안 어울리고.'

때마침 노랗게 물든 잎을 늘어뜨린 채 강변에 서 있는 실버들이 여러 그루 눈에 들어왔다. 순간, 할머니가 생전에 즐겨 부르셨던 노래가 떠올랐다. 가락도 가락이려니와 가사가 워낙 좋아서 체리도 확실하게 외우고 있는 노래였다.

'좋았어, 그 노래 가사를 읊으면 되겠다!'

큼큼 목을 가다듬은 후 자신감을 장착한 채 말했다.

"여러분이 청하시니, 그럼 한 수 읊어 보겠습니다."

박 지평과 유생들이 일제히 환호했다.

"오! 기대됩니다! 어서 읊으시지요."

"와! 얼른얼른 읊어 보세요!"

체리는 한결 여유롭게 시를 읊기 시작했다.

실버들을 천만사 늘여 놓고도
가는 봄을 잡지도 못한단 말인가
이 내 몸이 아무리 아쉽다기로
돌아서는 님이야 어이 잡으랴
한갓되이 실버들 바람에 늙고
이내 몸은 시름에 혼자 여위네
가을바람에 풀벌레 슬피 울 때에
외로운 밤에 그대도 잠 못 이루리

아는 사람은 알고 모르는 사람은 모르겠지만, 대중가요로도 만들어져 엄청난 인기를 끌었던 천재 시인 김소월의 「실버들」이었다. 혹시 까먹기라도 했을까 봐 살짝 걱정했건만 스스로도 감탄스럽게 가사가 줄줄 기억나며 잘도 읊조려졌다. 아니나 다를까, 좌중에서 뜨거운 박수가 쏟아졌다. 그중에서도 가장 감탄한 표정을 지은 건 효림이었다.

"체리 낭자는 어찌 그리 멋진 시를 읊으시오? 명시 중의 명시, 조선 최고 명시구려!"

박 지평 역시 몹시 놀라워했다.

"실버들을 천만사 늘여 놓고도, 가는 봄을 잡지도 못한단 말인가. 아, 그런 표현을 어떻게 생각하셨을꼬. 예전에 쓰신 것이오?"

"아닙니다. 지금 즉석에서 읊은 것입니다. 저기 강변에 있는 실버들을 보고서요."

소월 쌤이 알면 놀라 까무러치겠지만 체리는 눈 딱 감고 거짓말했다. 소월 쌤 입장에서도 당신의 시가 조선 시대에 알려져서 나쁠 것은 없을 거라고 애써 위안하면서.

까무잡잡 유생은 박 지평보다 더 격찬했다.

"즉석에서 이리 감동적이고 낭만적인 시를 읊으시다니, 황진이 빰칠 천재적 실력이십니다. 특히 낙 가을바람에 풀벌레 슬피 울 때에, 외로운 밤에 그대도 잠 못 이루리……. 여기가 너무 좋네요. 아, 가슴 아려, 가슴 팍팍 아려."

졸지에 천재 시인이 된 체리는 살짝 미소 지으며 묵례했다.

'아무렴요. 소월 쌤은 한국인이 최고로 사랑하는 천재 시인이거든요.'

* * *

그로부터 며칠 후였다. 동별당에서 일을 마치고 돌아가려는데 공주가 체리를 붙잡아 세웠다.

"오늘은 나랑 조금만 더 놀다 가거라, 응? 윤 상궁은 다과상 좀 내 주고."

"정말이요? 알겠어요, 공주마마. 마마께서 놀다 가라 하시니 너무 좋다."

한 번도 이런 적이 없었기에 체리는 좋아라 하며 공주 앞에 마주 앉았다. 곧 나인들이 꽃차와 함께 대추를 꿀물에 졸여 잣을 박은 대추초, 과일 따위를 다과상에 차려 내왔다. 공주가 꽃차 한 모금으로 입술을 축이더니 진지한 눈빛으로 말했다.

"나 오늘 강 규수한테 고백 좀 하려고."

"네에? 고백이요? 무슨 고백이요?"

"응, 쑥스럽지만…… 그냥 말할게. 난 강 규수가 참 좋아. 덕분에 아픈 것도 다 나았고. 정말이지 날 위해 이렇게 애써 준 사람은 돌아가신 어마마마 다음으로 처음이야. 난 이제 강 규수 없으면 못

살 것 같아."

'지성이면 감천이라더니 내 정성이 통한 건가? 이 기세로 쭉 몰아붙이면 내년 칠석에는 21세기로 금의환향? 아니, 지금 이 속도대로라면 올겨울이나 내년 봄에 조기 귀향도 가능한 거 아님?'

공주의 따뜻한 고백에 가슴이 벅차올라 체리도 진심을 담아 대답했다.

"저는 제 할 일을 했을 뿐인걸요. 마마께서 그리 말씀해 주시니 정말 감사해요."

물론 그동안 체리는 공주를 치유시키기 위해 엄청난 노력을 기울였다. 21세기 대한민국에서 공부를 이렇게 했다면 전교 1등까지는 아니어도 적어도 반에서 10등 안에는 들었을 것이다. 하지만 그건 공주보다는 체리 자신을 위한 것이었다. 내년 칠석날에는 반드시 21세기 대한민국으로 돌아가야 하고, 그러려면 미션을 알아내서 완수해야 했으니까. 그런데 임무라고 여겨서 한 일을 공주가 이렇게 고마워하다니, 미안하기도 하고 감격스럽기도 했다. 공주는 계속 체리의 공을 추켜세웠다.

"무슨 소리. 내가 더 고맙지. 강 규수가 아니었음 나는 영영 말을 잃었을지도 몰라. 다시 또 죽으려고 했을지도 모르고. 사실 난 말하는 법을 잊은 게 아니었어. 사람들이 나를 추녀라느니 뭐니 해서, 상심이 커서 아무하고도 말하기 싫었거든. 심지어 오라버니와도."

"예에, 그러셨군요."

"그런데 그대를 만나 다시 말을 하고 싶어졌지 뭐야. 강 규수가 날 이렇게 바꿔 놓았어. 정말 고마워. 오라버니도 무척 고마워하는 거 알지?"

"예……."

공주가 눈물까지 글썽글썽하며 체리의 손을 잡았다.

"그러니까 언제까지나 내 곁에 있어 줘야 해. 오래오래, 아주 오래. 어디로 가면 안 돼, 알겠지?"

"예, 공주마마. 알겠습니다."

체리는 기쁘면서도 부담스러웠다. 자신도 공주를 좋아하기 때문에 미션을 떠나 공주가 마음을 열어 주었다는 것이 기뻤다. 하지만 한편으로는 언제까지나 공주의 곁에 있을 수 없고 내년 칠석에는 21세기로 돌아가야 할 몸이기 때문에 부담스럽기도 했다. 체리는 고민스러웠다.

'아, 나도 공주가 좋아지는데, 공주도 나를 이렇게 좋아하네. 우리 서로 정들면 안 되는데 어떡하지?'

조선 규수들의 워너비 모달

소향이 속한 규수들의 모임 '부용시사'의 월례 모임에 초대받은 날은 날씨가 제법 추웠다. 병판 대감 집으로 가는 길은 유난히 바람이 세서 누비저고리에 누비치마, 누비쓰개치마까지 썼는데도 한기가 온몸으로 솔솔 스며들었다.

체리가 부용시사 모임에 가게 된 건 얼마 전 동별당 공주 방에서 마주쳤을 때 소향이 간곡히 청했기 때문이다. 그날 소향은 시회 동무들이 그녀를 꼭 보고 싶어 한다며, 자기 집에 와서 '실버들' 시도 직접 들려 주고 화장술도 가르쳐 달라고 했다. 지난번 한강 뱃놀이를 갔다가 주석에서 읊었던 '실버들'이 젊은 청춘남녀들이 애송하는 사랑시로 자리 잡은 데다, 체리의 화장술 덕분에 공주가 병을 고쳤다는 소문이 나면서 벌어진 일이었다. 조선 낭자들은 어찌 놀까 궁금했기에 체리도 흔쾌히 초대를 받아들였다.

이윽고 소향의 처소에 다다르자 일곱 명의 규수가 체리를 반가이 맞았다. 금수저급 엄친딸들답게 다들 차려입은 옷이며 장신구들이 고급스럽고 화려했다. 그렇다고 어디 기죽을쏘냐, 체리는 허리를 꼿꼿하게 펴고 규수들을 둘러보며 속으로 디스해 주었다.

'이보셔들, 난 이래 봬도 21세기 대한민국의 낭자야. 그대들은 꿈도 못 꿀 최첨단 세계에서 쓔웅~ 날아왔다고. 아무리 그대들이 조선의 금수저에 엄친딸로 떵떵거리며 산다 해도 내가 미래국에서 누리는 삶에 비하면 새 발의 피일걸!'

잠시 후, 규수들의 열화와 같은 요청에 따라 체리는 소월 쌤의 「진달래꽃」을 읊기 시작했다. 장안에 유행하는 「실버들」을 암송하고 나니 규수들이 한 수만 더 읊어 달라고 졸랐던 것이다.

나 보기가 역겨워
가실 때에는
말없이 고이 보내 드리오리다
영변에 약산
진달래꽃
아름 따다 가실 길에 뿌리오리다
가시는 걸음걸음
놓인 그 꽃을

사뿐히 즈려밟고 가시옵소서

나 보기가 역겨워

가실 때에는

죽어도 아니 눈물 흘리오리다

체리가 시를 다 읊었을 때 규수들은 다들 넋을 안드로메다로 보내 버린 얼굴이었다.

"세상에! 진달래꽃이 실버들 뺨을 후려치네!"

"나 보기가 역겨워 가실 때에는 말없이 고이 보내 드린다니……. 흑, 가슴을 막 쥐어뜯네."

"난 '사뿐히 즈려밟고 가시옵소서'랑 '죽어도 아니 눈물 흘리오리다' 이 부분이 너무 좋아. 강 규수님은 얼굴도 고운 분이 진짜 천재 시인이세요."

규수들의 반응을 어느 정도는 예상했지만 이 정도일 줄은 몰랐다. 「실버들」을 읊고 나면 보나마나 다른 시도 읊어 보라고 할 것 같아 준비해 온 것인데…….

그때 소향이 손뼉을 짝짝 치면서 말머리를 돌렸다.

"얘들아, 강 규수님 글솜씨 정말 대단하시지? 그럼 이번엔 화장술을 배워 볼까? 우리 공주마마께서 강 규수님 덕분에 엄청 고와지시고 자신감도 뿜뿜해지셨잖아."

규수들이 손뼉을 치며 좋아라 했다.

"좋아요! 얼른얼른 보여 주세요!"

"와우! 우리도 강 규수님한테 배워서 자신감 뿜뿜 높여 보자!"

체리도 여유롭게 대답했다.

"예, 제 화장술이 대단하지는 않지만 다들 궁금해하시니, 한번 시연해 보겠습니다. 일단 우리 조선 여인들의 가장 큰 외모 검불락수가 뭔고 하면, 우리 연화처럼 이목구비가 큼직큼직할 경우 어떻게 보완하나, 하는 것이더라고요."

"맞아, 맞아."

"그럴 때에는 일단 이렇게 백분을 다양한 색깔로 준비해 주셔요. 하얀 백분도 준비하고, 도홧빛 백분도 준비하고."

"오, 백분을 여러 가지 색으로!"

"당장 오색 백분을 준비해야겠어."

규수들이 시끌벅적한 가운데 체리는 연화를 앞에 앉혀 놓고 시연을 시작했다.

"그렇지요. 갈색이 들어간 것도 준비하시고. 그래서 이 아이처럼 쌍까풀이 너무 굵고 눈이 크다, 그러면 쌍까풀 주변을 집중적으로 하얗게 칠해 주는 겁니다. 이렇게요."

"와아! 눈이 가느다랗고 작아 보이네!"

"네, 입술도 마찬가지입니다. 보통 앵두같이 작은 입술이라야 미인이라 하지 않습니까? 근데 우리 연화처럼 입술이 크고 두텁다고 해도 고민 마셔요. 이렇게 성형 화장으로 작게 만들어 주면 되니까요."

규수들 눈이 초롱초롱해졌다.

"성형 화장이요? 그게 뭔데요?"

"원래의 얼굴 형태를 화장으로 변화시켜 주는 걸 성형 화장이라고 해요. 제가 조선가인살롱에서 개발해 낸 화장술입니다."

"아, 그럼 그 성형 화장으로 공주마마도 아름다워지신 거예요?"

"예, 그렇습니다."

"어떻게요? 얼른 해 봐요!"

"이렇게 우선 입술과 입가 주변을 분으로 칠해서 원래의 입술선을 지우고요."

"오호!"

"연지를 붓에 묻혀서 원하는 입술선을 그려 줍니다. 원래 있는 입술선은 무시하고요. 그다음 입술선 안을 이렇게 연지로 살짝살짝 채워 줍니다. 어때요?"

"입술이 한결 작아 보여요. 대단하다."

그때 얼굴이 좀 둥글넓적한 규수가 물었다.

"그럼 그 반대인 사람은 어떡합니까? 저처럼 얼굴이 넙데데하고 밋밋한 사람 말이어요."

"규수님 얼굴도 원래 그대로 고우세요. 그렇지만 스스로 좀 부족하다고 생각하시니, 제가 조금만 도와드릴까요?"

체리의 말에 자칭 넙데데 규수가 반색을 했다.

"진짜요? 그래 주심 좋죠. 근데 어떻게요?"

"얼굴에 윤곽을 넣어 주는 거죠. 눈은 좀 더 크게, 평평한 콧대는 조금 오뚝하게, 입술은 너무 답답하지 않게. 연화야, 넌 그만 일어나고, 규수님이 앉아 보셔요."

체리는 연화를 일어나게 한 뒤 그 자리에 넙데데 규수를 앉히고 윤곽을 살리는 화장술을 해 보였다. 잠시 후, 방안은 규수들이 내지르는 탄성으로 가득 찼다.

"우와! 오금봉 아니고 꽃금봉 같아."

"그러니깐! 화장 하나로 어찌 사람이 이리 달라 보일까?"

"체리 낭자는 시뿐 아니라 화장에도 귀재구나, 귀재. 진짜 대단해!"

누구보다도 흡족해한 사람은 오금봉이라는 규수였다. 금봉은 면경으로 이리저리 얼굴을 비춰 보면서 무척이나 신기해했다.

"어머나 이게 뉘셔? 이 얼굴이 오금봉이 맞남?"

이렇게 체리는 몇 시간을 머무르며 여러 규수들을 상대로 원래 얼굴의 단점은 보완하고 장점은 부각시킨 성형 화장을 해 주었다. 규수들은 모두 신기해하며 감탄해 마지않았다. 몸은 힘들었지만 체리도 무척이나 뿌듯했다. 누구 하나 화장을 망친 사람 없이 원래보다 아름다워졌기 때문이다. 자신의 화장술에도 한껏 자신이 생겨났다.

다음을 기약하고 소향의 별당에서 나왔을 때였다. 금봉 규수가 급히 따라 나오더니 할 이야기가 있다며 잠깐만 짬을 내 달라고 했다. 체리는 연화를 저만치 물리고 금봉과 마주 섰다.

"하실 말씀이 무엇인지요?"

체리가 묻자 금봉이 작은 목소리로 속닥거렸다.

"실은 소향이가 강 규수님 때문에 심한 속앓이를 하고 있답니다. 제가 동무로서 보고 있을 수만은 없어서 부탁 좀 드리려고요."

"저 때문에 민 규수님이 속앓이를요?"

너무도 뜻밖의 얘기라 체리는 눈을 동그랗게 떴다.

"예, 그러니까 죄송하지만 강 규수님이 효림 대군마마한테서 떨어져 주시면 좋겠습니다."

"대군마마한테서 떨어지라니요? 그게 무슨 말씀이세요? 저는 붙은 적이 없는데."

체리의 말에 조금 전까지만 해도 상냥했던 금봉의 낯빛이 살짝 까칠해졌다.

"이리 얘기하면 알아들으실 줄 알았는데, 그럼 탁 까놓고 말씀드리지요."

'탁 까놓다'라는 표현에 험악한 기운이 느껴져 체리가 약간 긴장하는데, 금봉이 말을 이었다.

"대비마마께서 소향이를 대군마마 부부인*으로 점찍어 놓고 계

* 부부인(府夫人) : 조선 시대에 왕비의 친정어머니나 대군의 아내에게 주던 작호. 품계는 정일품이다.

십니다. 소향이도 대군마마를 어릴 적부터 연모했고요. 그런데 대군마마께선 강 규수님에게 마음을 두시는 눈치라 소향이가 이만저만 속앓이를 하는 게 아니에요. 이런 말씀 실례인 줄은 알지만, 솔직히 강 규수님은 대군마마의 짝이 되기엔 좀 부족하지 않습니까? 그러니 알아서 먼저 물러나심이 서로에게 좋을 것…….”

이제야 퍼즐이 딱딱 맞춰지면서 이해가 갔다.

'아, 그게 그 말이었어? 대비가 날 멍석말이시키려 했던 것도, 그때 소향이 무릎 꿇고 읍소했던 것도 다 이해되네. 효림 대군이 할마마마가 오해를 하신 듯하다고 한 것도, 내가 낭자를 지켜 줄 것이니 어쩌고 했던 것도…….'

그런데 살짝 자존심도 상했다. 신분 차이 운운하며 알아서 먼저 물러나라 한 말 때문이었다.

'그러니까 다이아몬드수저인 효림 대군은 금수저인 소향하고 어울리니, 흙수저인 나는 알아서 꺼져라?'

물론 체리는 조선에서 효림 대군과 썸 탈 생각은 털끝만큼도 없었다. 그에게 마음이 끌리지 않는 것은 아니지만 자신은 21세기로 돌아가야 하는 몸이었다. 그렇기에 깊이 생각할 것도 없이 선선히 대답했다.

"그러셨군요. 전 그런 사연을 전혀 몰랐습니다. 근데 걱정 마세요. 저는 대군마마와 아무 사이도 아니고, 공주마마만 완전히 치유되시면 고향으로 돌아갈 겁니다. 그러니 민 규수님께도 걱정 말라 전해 주십시오."

"정말 고향으로 돌아가세요? 언제요?"

"내년 여름에요. 그때쯤이면 공주마마도 완전히 나으실 것 같고 해서."

"좀 더 일찍 가기는 힘드시고요?"

"예, 내년 여름까지는 여기 있어야 해요. 그렇지만 대군마마하고의 일은 걱정 안 하셔도 돼요."

"정녕 그래 주실 건가요?"

"그러믄요."

"예, 그게 세 분 모두를 위해 좋을 듯합니다. 제가 드린 말씀 너무 고깝게 생각지 마시고, 지금 하신 약속 꼭 지켜 주세요."

금봉은 심각했던 얼굴을 환하게 풀고 돌아갔다. 체리도 연화와 함께 발걸음을 옮겼다. 그런데 왠지 가슴이 쓰라리고 아릿아릿했다. 효림을 탐내지 말라는 그 말이 가시처럼 콕콕 박혀서였다.

강남혼녀는 NO! 개성가인 OK!

병판 대감 집에서 부용시사 회원들을 만나고 온 다음 날, 체리는 공주에게 간곡히 부탁했다. 난향당을 떠나 다른 곳으로 처소를 옮기고 싶다고. 금봉에게서 들었던 얘기를 모두 털어놓고 거처를 옮겨야 하는 이유도 설명했다. 당연히 공주는 반대했지만 체리의 뜻이 워낙 강했던지라 끝까지 말리지는 못했다.

물론 체리도 난향당을 떠나기는 싫었다. 난향당은 조선 땅에 떨어져 처음 머물렀던 곳이라 정도 듬뿍 들었고, 공주와 효림 대군과의 추억이 깃든 곳이기도 했다. 그와 썸을 타진 않더라도 가끔씩 얼굴이라도 보고 싶은데, 난향당을 떠나면 보기 어려울 것 같아 그것도 아쉬웠다.

하지만 두 마리 토끼를 다 잡을 순 없었다. 무사히 21세기로 돌아가는 것이 최우선 과제이기에 체리는 모든 미련을 버리고 미션 완수에만 집중하기로 했다. 그래서 효림이 지방에 간 틈을 타 난향당에서 조금 떨어진 민가로 처소를 옮겼다. 난향당 동별당에 있던 '조선가인살롱' 현판도 가져와 새집 방문 위에 달았다.

그렇게 이사를 하고서 이레쯤 된 날이었다.

"이리 오너라! 이리 오너라!"

대문을 거칠게 두드리며 누군가 소리쳤다. 마당에 있던 연화가 대문께로 뛰어갔다.

"뉘신지요?"

연화가 묻자 익숙한 목소리가 대답했다. 효림 대군을 호위하는 진무였다.

"대군마마 납시었네. 문을 열게나."

연화가 빗장을 열고 대문 밖으로 나가더니, 잠시 후 가인살롱 안으로 들어와 말했다.

"대군마마께서 아기씨를 만나고 가야겠다고 고집을 부리시네요. 잠깐이라도 나가 보셔야겠어요."

하긴 효림으로서는 황당했을 거다. 팔도 관상쟁이들을 만나러 다니느라 한양을 비운 사이에 체리가 처소를 옮겼고, 심지어 새집에는 들어오지도 못하게 했으니까. 그렇지만 체리는 그럴 수밖에 없었다. 내년 여름이면 21세기로 돌아갈 사람인데 공연히 남한테 오해받기도 싫었고, 효림과 썸 같은 거 탈 생각일랑 없으니 그를 일부러라도 멀리해야 했으니까.

그래도 그동안의 의리를 생각해 체리는 신발을 챙겨 신고 대문 밖으로 나갔다. 효림이 체리를 보자마자 화난 목소리로 말했다.

"누구 마음대로 난향당에서 처소를 옮긴 게며, 왜 출입도 못 하게 하는 게요?"

오랜만에 보는 효림이 반가웠지만 체리는 안 그런 척 쌀쌀맞게 대답했다.

"공주마마께 들으셨겠지만 제가 먼저 원했고 공주마마 승낙을 받아 옮긴 것입니다."

"그러게 왜 옮겼으며, 이리 중요한 일을 어찌 나하고 상의도 없이 멋대로 결정한단 말이오?"

"대군마마와 왜 상의해야 하는데요? 저는 공주마마를 위해 난향당에 온 사람이니 공주마마 승낙만 받으면 됩니다."

"난향당에 낭자를 처음 데리고 온 사람이 나 아니오? 그러니 나하고 상의를 해야지. 게다가 왜 나 없는 사이에 옮기느냐 말이오."

효림이 궁색한 말을 늘어놓았지만 체리의 대답은 달라질 수 없었다.

"대군마마가 한양에 계실 때 옮기면 반대하실까 봐 그랬습니다. 그러니 이제 그만 돌아가세요. 공주마마 일로 상의하거나 전할 일이 있으며 진무 무사님을 통해 주시고요. 그럼 저는 이만."

체리는 효림의 이야기를 더 듣지도 않고 대문 안으로 들어와 문을 잠갔다. 대문 틈 사이로 효림이 외치는 소리가 들려왔다.

"나를 냉대하면 낭자 마음은 편하오? 그게 진짜 마음이 아니란 걸 내가 모를 줄 아오?"

눈물이 핑 돌며 눈시울이 뜨거워졌다. 체리는 그 자리에 선 채 두 손으로 얼굴을 가렸다.

* * *

처소를 옮긴 지도 스무 날 정도가 지났다. 계절은 벌써 섣달 하순이었다. 난향당을 떠나 독립을 하고 보니, 체리는 한결 안정되는 것 같았다. 효림 때문에 괜스레 설레던 마음도 조금씩 정리되는 듯했다.

요즘엔 난향당에도 이틀에 한 번 꼴로만 갔다. 공주가 격일 간격으로 나들이 삼아 직접 가인살롱으로 오기 때문이었다.

오늘도 공주는 일찌감치 가인살롱에 왔다. 체리는 공주를 앉혀 놓고 온 정성을 들여 화장했다.

공주의 두 볼에 도홧빛 백분을 바른 후 눈 화장을 시작했다. 먼저 미묵으로 눈썹 선을 정리해 준 후, 가느다란 붓에 진주 백분을 듬뿍 묻혔다. 그러고는 눈꼬리에 조금 짙은 느낌이 들게 살살 발라 주었다. 눈꼬리가 반짝거리며 훨씬 생기 있어 보였다. 눈꼬리에 시선이 집중되다 보니 눈 크기와는 상관없이 눈매가 한결 매력적으로 보이는 것이었다.

'역시 내 생각이 맞았어. 이 화장이 공주에게도 어울리는구나!'

체리는 기뻐서 공주에게 면경을 건넸다.

"공주마마, 면경 좀 보시어요. 오늘 눈매 화장 어때요? 뭐가 다른지 맞혀 보셔요."

공주가 면경을 받아 들고 눈매를 살피더니 눈을 동그랗게 떴다.

"저번보다 훨씬 좋은데? 눈꼬리가 반짝거리고 훨씬 생기 있어 보여. 어떻게 한 거야?"

"마음에 드셔요? 눈꼬리에 진주 백분을 좀 발랐답니다."

"어? 진주 백분은 볼에 바르는 거 아닌가?"

"그렇긴 하죠. 하지만 눈꼬리에 바르지 말란 법도 없잖아요? 앞으로는 이렇게 마마의 개성을 한껏 살리는 화장을 시도해 보려고요."

"개성이 뭔데?"

"음…… 개성이란, 그 사람만이 갖고 있는 독특한 특성을 말하지요. 예를 들어 저는 외까풀이라서 눈매가 가늘고 길지만, 공주마마는 쌍까풀이 굵고 눈매도 시원시원하시잖아요."

"그렇지."

"그게 저만의 개성, 마마만의 개성이랍니다."

"오호라, 개성……. 처음 듣는 말인데 이해는 되네. 그런데 왜 개성을 살리는 화장을 해야 해?"

"예, 그건 말이죠. 예를 들어, 길고 가느다란 외까풀 눈매가 조선 미인상이라고 해서 누구나 다 그렇게 만들어 버리면 얼굴이 죄다 비슷비슷해지지 않겠어요? 강남흔녀처럼 말입니다."

"강남흔녀? 청나라 남쪽 지방에 사는 여자들 말이야?"

"예에?"

얼떨결에 나온 '강남흔녀'라는 말에 놀란 체리는 공주의 해석에 어리둥절해졌다.

"청나라의 남쪽 따뜻한 곳을 강남이라고 하잖아. 제비들이 겨울을 나러 늦가을에 가는 곳 말이야. 거기 사는 여자들을 강남흔녀라고 하는 거 아닌가?"

언제 말을 잃었냐는 듯, 공주가 청산유수 같은 말솜씨로 말했다.

'앗, '강남흔녀'의 '강남'은 그 강남이 아닌데. 그렇다고 서울 강남이라고 할 수도 없고.'

"예, 맞습니다. 그러니까 강남 여인들이 똑같은 방법으로 화장을 하면 비슷비슷한 흔한 얼굴이 될 거 아네요. 그걸 청나라 사람들이 '강남흔녀'라고 한다네요."

얼렁뚱땅 낱말 풀이를 했지만 체리는 진땀이 다 날 지경이었다.

'에효, 왜 쓸데없는 말은 해 가지고서. 서울 강남에 가면 흔히 볼 수 있는, 똑같은 스타일로 성형 수술한 여자들을 '강남흔녀'라고 하는데.'

하지만 공주는 단번에 척 알아들었다.

"아, 똑같은 식으로 화장을 하면 '강남흔녀'처럼 흔한 얼굴이 되니까 각자의 개성을 살려 화장을 하자, 그 뜻이구나! 그럼 '개성녀'아, '개성가인'이 되겠네!"

'원더풀! 역시 조선 왕실의 피는 다르구나! 개떡같이 설명해도 찰떡같이 알아들으니!'

체리는 몹시 감탄하며 고개를 주억거렸다.

"맞습니다, 강남흔녀 말고 개성가인이 돼야 해요. 그래서 앞으로는 마마의 개성을 살리는 화장도 시도해 보겠다는 겁니다. 오늘 한 눈매 화장처럼 말이지요!"

"나도 예전 화장보다 이게 훨씬 더 좋은 거 같아."

공주가 손뼉을 치며 좋아했다. 체리도 절로 신이 났다. 오, 이번 작전도 성공!

광통교 위에 보름달은 떠오르고

운종가로 접어들자 눈보라가 몰아닥쳤다. 숨을 들이쉴 때마다 흩날리는 눈이 따라 들어와 코끝이 차갑고 간지러웠다. 털토시를 끼고 털신을 신었지만 손발이 꽤나 시렸다. 체리는 누비옷을 단단히 여미고 몸을 잔뜩 움츠렸다.

정월 대보름을 며칠 앞두고 연화를 데리고 육의전 구경을 나온 길이었다. 예전 같으면 생각도 못 했을 일인데 공주가 격일로만 가인살롱에 오면서 많이 한가로워진 덕분이었다.

이 가게 저 가게 구경하고 물건도 좀 산 다음 화장품 가게인 화양분전으로 들어갔다. 통통한 여주인이 화로 옆 의자에 앉아 꾸벅꾸벅 졸고 있었다. 딱히 깨울 필요도 없어서 조용히 가게 안을 구경하는데, 뒤늦게 여주인이 부스스 깨어났다.

“어머나, 작년 여름에 오셨던 분 아니십니까?”

작년에 체리에게 ‘모달’을 해 보라고 권했던 바로 그 여인이었다.

“어찌 저를 기억하세요? 드나드는 손님도 많을 텐데.”

“보통 미인이셔야지요. 그런데 그새 더 아리따워지신 듯하네요?”

여주인의 말에 연화가 불쑥 끼어들었다.

“우리 아기씨가 직접 화장품도 만드시고 화장술도 연구하세요. 저도 우리 아기씨한테 배워서 성형 화장술로 단장한 거랍니다. 어때요, 저는?”

체리는 연화의 옆구리를 툭 치며 나무랐다.

“왜 쓸데없는 말을 해? 청나라 화장품이나 구경하자.”

그러나 이미 때는 늦었다. 여주인이 체리의 신원을 알아차린 것이다.

“어머나, 성형 화장술! 그럼 혹시 이 규수님이 공주마마를 보살펴 드린다는 그 뭣이냐, 사롱 어쩌구 그러던데……. 아, 그 뭣이냐, 조선가인살롱의 강 규수님이세요?”

‘아니, 이 여인이 어찌 나를 알지? 저잣거리에까지 내 존재가 알려진 건가? 내가 할리우드 스타, 아니 한류 스타, 아니 한양의 톱스타로 등극?’

체리가 뭐라고 할 새도 없이 연화가 대신 대답했다.

“우아, 우리 아기씨를 아세요? 맞습니다. 조선가인살롱의 강체리 규수님이셔요."

여주인의 태도가 단박에 달라졌다.

"어이쿠, 반갑습니다. 안 그래도 제가 한번 조선가인살롱으로 찾아갈까 했었는데 이리 먼저 찾아 주시다니 영광입니다."

"아니, 왜요? 왜 저를 찾아오려 하셨는지요?"

"왜라니요. 지금 장안에서 강 규수님을 모르는 사람이 없답니다. 신묘한 성형 화장술이며, 황진이 빰따귀 칠 그 뭐더라, 강버들인가 철쭉꽃인가 하는 사랑시를 지으신 분이라고 소문이 짜합니다."

연화가 여주인의 말을 바로잡으며 살짝 속삭였다.

"강버들하고 철쭉꽃이 아니라 실버들하고 진달래꽃이어요."

여주인이 얼른 고개를 끄덕였다.

"아, 맞다! 실버들이랑 진달래꽃! 여튼 그래서 제가 직접 찾아뵙고 화장술도 배우고 손수 만드신 화장품 구경도 할까 생각했습지요. 어떠십니까, 기왕에 오셨으니 대보름 후로 하루 날을 잡아 주시지요. 제가 우리 가게 매분구 두엇 데리고 조선가인살롱으로 찾아뵙겠습니다."

"아닙니다. 전 제 이름이 퍼지는 것도 싫고 번거로운 일도 싫어요. 연화야, 그만 가자."

여주인이 체리의 소맷자락을 잡으려다 말고 말했다.

"그럼 오늘은 그냥 가시고 일간 제가 살롱으로 갈 터이니 문전박대나 말아 주셔요."

"아닙니다, 오셔도 저를 만날 수 없을 거여요. 헛걸음 안 하시면 좋겠네요."

체리는 허둥지둥 분전을 빠져나왔다. 연화는 속도 모르고 종알거렸다.

"조선가인살롱이랑 아기씨 이름이 퍼졌다는 소문은 들었는데 생각 이상이네요. 이러다 아기씨 한양 최고 명사 되시는 거 아녀요?"

"넌 왜 공연히 쓸데없는 소리를 해 갖고……. 한양 명사고 뭐고 관심 없으니 그런 소리 마."

체리가 타박을 놓자 연화가 입을 꾹 다물었다.

화양분전을 나와 조금 걸었을 때였다. 사당패 한 무리가 꽹과리며 징, 태평소 같은 악기를 요란하게 연주하며 옆으로 지나갔다. 접시를 돌리거나 꼭두각시 춤을 추는 광대도 있었다. 처음 보는 광경이 신기해서 체리는 사당패를 따라가며 계속 구경했다. 그런데 그렇게 한참을 따라가다 정신을 차리고 보니 연화가 보이지 않았다.

"연화야! 연화야!"

사람들 틈을 빠져나와 연화를 찾았다. 하지만 연화는 어디에도 보이지 않았다. 너무 놀라 이리저리 연화를 찾다가 골목으로 접어들었을 때였다. 갑자기 불량배가 나타나더니 체리를 둥글게 에워쌌다. 그중 턱수염이 덥수룩한 놈이 다가오며 무섭게 느물거렸다.

"아리따운 낭자께서 어찌 홀로 저잣거리를 돌아다니시나? 세상 험한 줄 모르고."

체리는 누비 장옷을 여미며 크게 소리쳤다.

"비키시오! 물러서시오!"

하지만 놈은 물러서기는커녕 더 가까이 다가오며 히죽거렸다.

"이런 미인을 만났는데 어찌 순순히 물러서리? 음, 가까이서 보니 더 곱구먼. 천하절색이야, 천하절색."

험한 꼴을 당하나 싶어 온몸이 와들와들 떨렸다. 하지만 반가 규수로서의 위엄을 잃지 않으려 애쓰며 체리는 힘주어 말했다.

"비켜요! 안 비키면 소리 지를 거예요!"

"히히. 이래도? 어디 질러 보시지."

험상궂게 생긴 다른 사내가 체리의 손목을 확 잡아끌었다.

"손 놓으라고! 사람 살려! 살려 주세요!"

체리는 악다구니를 쓰며 손을 빼내려 했다. 그때였다.

"이놈들, 무슨 수작이냐!"

골목 어귀에서 웬 선비가 후닥닥 달려오더니 불량배들을 퍽퍽 해치웠다. 불량배들은 방어 한 번 못 한 채 땅바닥에 나동그라지더니 걸음아 날 살려라 하며 줄행랑쳐 버렸다.

담벼락에 붙어 떨고 있던 체리는 그제야 선비를 보았다. 불량배를 해치운 사람은 바로 효림 대군이었다.

"낭자, 이게 어인 일이요!"

효림이 다가와 손을 덥석 잡았다. 체리는 목이 메어 울음을 터뜨리고 말았다.

"대군마마! 흐윽."

"연화는 어디 가고 어찌 혼자 돌아다닌단 말이오!"

"사당패를 구경하다, 그만 연화를 놓쳤습니다. 그래서 연화를 찾아다니다가……."

"어허! 마침 내가 봤으니 망정이지 어쩔 뻔했소?"

"예…… 고맙습니다."

그때 연화가 진무와 함께 헐레벌떡 뛰어왔다.

"아기씨! 여기 계셨었군요! 얼마나 찾았는데요. 무슨 일 있었던 건 아니죠?"

연화가 체리를 와락 안으며 말했다. 체리는 겨우겨우 대답했다.

"봉변을 당할 뻔했는데 대군마마께서 구해 주셨어. 너는 어떻게 된 거야? 어디로 사라졌던 거야?"

"큰일 날 뻔했네요. 저도 아기씨를 찾아 돌아다니다 진무 무사님을 만났어요. 죄송해요, 제가 지켜 드렸어야 하는데."

효림이 연화를 호되게 야단쳤다.

"너는 어찌 그리 허투루 낭자를 호위하느냐? 마침 내가 여길 지나갔기 망정이지, 체리 낭자가 그놈들한테 끌려가기라도 했으면 어쩔 뻔했어!"

연화가 풀죽은 얼굴로 대답했다.

"송구하옵니다, 마마. 죽여 주십시오."

효림이 이번엔 진무를 나무랐다.

"넌 또 세책방*에서 어찌 이리 늦게 오는 게냐? 내가 그 불한당 같은 놈들을 혼자서 처치하느라고 얼마나 애먹은 줄 아느냐?"

진무가 고개를 조아렸다.

"오늘따라 세책방에 손님이 많아서……. 송구합니다, 마마."

"제발 일들 좀 똑바로 하고 다니거라."

연화와 진무를 한바탕 야단치더니 효림이 바닥에 떨어진 체리의 장옷을 손수 주워 주며 말했다.

"어서 갑시다. 많이 놀랐을 테니 오늘은 내가 데려다주리다. 여기서 멀지도 않으니."

체리는 차마 거절하지 못했다. 고마운 마음도 들고, 놀랐던 게 아직 덜 가라앉기도 해서.

* * *

며칠이 흘러 정월 대보름날 저녁이 되었다. 성주댁이 오곡밥이며 아홉 가지 나물을 차린 정성스러운 저녁을 내왔건만 체리는 몇 술 뜨지도 못하고 상을 물렸다. 아까부터 계속 마음이 갈팡질팡했기 때문이다.

들창 밖으로 땅거미가 지기 시작했다. 체리는 방 안을 서성이며

* 세책방(貰冊房) : 조선 시대에 사람들에게 책을 빌려주던 곳.

망설였다.

'어떡하지? 다리밟기를 하러 가, 말아?'

그러다 문갑에서 편지를 꺼내 다시 읽기 시작했다. 엊그제 효림이 진무 편에 보내온 편지였다.

체리 낭자 보시오.

새해가 밝은 게 엊그제 같은데 사흘 후면 정월 대보름이구려.

가는 세월도, 가인의 마음도 무상하여 붙잡기가 힘들구려.

단도직입적으로 말하리다.

운종가에서 만났을 때도 말했지만 정월 대보름날 술시초*쯤에

광통교 어귀 버드나무 아래로 나와 주시오.

함께 다리밟기나 하며 달님께 새해 소망을 빌어 봅시다.

광통교에서 기다리겠소.

운종가에서 불량배한테 봉변을 당한 뻔한 날에도 효림은 대보름날 밤에 광통교에서 다리밟기를 같이하자고 했다. 하지만 체리는 생각해 보겠다고만 하고 확답을 하지 않았다. 저번에 오금봉하고 약속한 것도 있고 해서, 사실은 거절하고픈 마음이 컸다.

그런데 효림이 보내온 편지를 보고서는 가슴이 설레면서 심쿵

* 술시초(戌時初) : 저녁 7~8시를 일컫는 말.

심쿵하는 것이었다. 그저 광통교 다리나 같이 밟고, 새해 소망이나 빌자는 건데도.

'이 오빠는 다리밟기를 왜 나하고 하자고 그래? 새해 소망도 혼자 빌면 되지, 왜 함께 빌자고 해? 꿍꿍이속 있나?'

그러다가 체리는 그냥 단순하게 생각하기로 했다.

'그래, 다리밟기나 하고 새해 소망이나 같이 빌자는 건데 거절할 거 없잖아? 혹시라도 딴소리나 딴 수작을 하면 단호히 차단하면 되는 거고. 그래! 다리밟기 하러 가자! 광통교 답교놀이 고고!'

마침 연화가 방문을 열고 얼굴을 빼꼼이 들이밀었다.

"아기씨, 오늘 답교놀이 하는 날인데 가실래요?"

체리가 효림에게서 편지 받은 걸 모르고 하는 소리였다.

"그래, 가 보자꾸나. 정월 대보름날 다리를 밟아야 한 해 동안 안 아프고 건강하다잖아!"

"정말요? 그럼 어느 다리로 갈까요? 수표교? 광통교? 모전교?"

"광통교로 가자."

"예, 아기씨! 얼른 단장하시어요. 저도 준비할게요."

연화가 신나하며 방문을 닫았다. 체리도 나들이 갈 채비를 서둘렀다.

광통교로 가는 길은 온통 북적거렸다. 답교놀이하러 나온 사람들, 엿이며 유과며 찰떡 따위를 파는 장사치들, 사방팔방 지나다니는 가마와 마차 따위가 거리를 가득 메웠다.

날은 벌써 깜깜해졌지만 둥실 떠오르기 시작한 보름달과 사람들이 들고 나온 초롱불이며 조족등*으로 사방은 낮처럼 환했다. 논두렁 밭두렁에는 짚과 땔감 등을 쌓아 놓고 달집태우기를 하는 사람들과 불붙인 막대기를 빙빙 돌리며 쥐불놀이를 하는 아이들도 보였다.

청계천 냇둑도 시끌벅적했다. 농악대가 요란스레 풍악을 울리며 지나가고, 사람들은 냇물에 꽃이며 동전을 던지거나 달님에게 소원을 빌었다. 그런데 가도 가도 다리가 나오지 않았다.

"광통교 아직도 멀었니?"

체리가 묻자 연화는 초롱불 든 손으로 저만치 서 있는 나무들을 가리켰다.

"저기 저기, 커다란 나무 서 있는 거 안 보이셔요? 거기부터가 광통교여요."

"저게 버드나무야? 겨울이라 무슨 나무인지 모르겠네."

"버드나무 맞아요. 광통교는 버드나무가 유명해요. 홍수를 막으려고 심은 거래요."

"그래? 얼른 가자."

하지만 광통교 어귀에는 버드나무가 한두 그루도 아닌 데다 사람들이 많아 도무지 효림을 찾을 수가 없었다.

* 조족등(照足燈) : 옛날에 밤거리를 다닐 때에 들고 다니던 등. 댓가지로 둥근 틀을 만들어 기름종이로 감싸 비바람에 꺼지지 않도록 만들었다.

'아니, 무슨 약속 장소를 이리 모호하게 정했어? 광통교에서 대군 찾기 놀이 할 일 있나?'

그렇다고 연화에게 효림을 찾아보라고 할 수도 없었다. 그를 만나러 나온 걸 비밀로 했기 때문이다. 그때 연화가 체리의 팔을 툭 치며 소곤거렸다.

"어, 아기씨, 대군마마님이랑 민 규수님이셔요. 두 분이 같이 다리밟기하러 나오셨나 봐요."

정말 바로 앞, 서너 걸음 정도밖에 안 되는 거리에서 효림과 소향이 마주 선 채 이야기를 나누고 있었다.

'헉, 뭐야. 함께 다리나 밟으며 새해 소망을 빌자더니, 셋이서 그러자는 거였어? 나하고 단둘이서가 아니라?'

체리는 기분이 팍 상해 얼른 몸을 돌렸다. 안 그래도 많이 고민하다 나왔는데 셋이서는 절대로 다리밟기를 하고 싶지 않았다. 순간 효림이 체리의 손을 덥석 잡았다.

"어디 가는 게요? 얼마나 기다렸는데!"

소향이 놀란 눈빛으로 두 사람을 보았다. 손을 잡힌 체리도 놀란 것은 마찬가지였다. 효림이 소향에게 상황을 설명했다.

"체리 낭자와 다리밟기를 하기로 약조했었소. 만나서 반가웠소. 답교놀이 잘 하고 가시오."

'헐, 그럼 두 사람이 우연히 만난 거야?'

체리는 소향에게 제대로 인사도 못 하고 효림에게 손이 잡힌 그대로 묵례만 했다.

“예, 그러셨군요. 그럼 저는 이만.”

소향은 민망해하는 표정으로 묵례를 하고는 발길을 돌렸다.

체리는 그 모습을 보며 효림에게 잡힌 손을 빼려 했다. 하지만 효림은 체리의 손을 놓기는커녕 더 세게 잡았다. 체리는 놀라 그를 보았다. 그러나 효림은 모르는 척 걸음만 옮길 뿐이었다. 체리도 더는 어쩔 수 없어 손을 잡힌 채로 발걸음을 내디뎠다. 콩닥거리는 심장을 애써 진정시키면서. 이성과 손을 잡고 걷는 것은 난생처음이었다.

두 사람은 손을 잡은 채 달빛이 내리비치는 광통교를 건넜다. 효림은 아무 말이 없었다. 그저 체리의 손을 꽉 잡고 있었을 뿐. 다행히 인파가 북적거려 둘이 손잡고 걷는 걸 눈여겨보는 사람은 아무도 없었다. 연화와 진무만 몇 걸음 뒤에서 따라오고 있었다.

광통교 끝까지 오고 나서야 효림은 걸음을 멈추고 체리의 손을 놓았다. 그러고는 저만치에서 멀뚱멀뚱 서 있는 연화에게 말했다.

“달구경 좀 하고서 체리 낭자는 내가 데려다줄 터이니, 먼저 가거라. 진무는 좀 멀찌감치에서 호위하고.”

연화와 진무가 차례로 대답했다.

“예, 알겠습니다. 그러면 아기씨, 저는 먼저 돌아가겠습니다.”

“예, 그리하겠습니다.”

연화가 먼저 자리를 뜨고 진무도 인파 속으로 사라져 버렸다.

어색한 분위기를 풀려는 듯 효림이 먼저 말을 건넸다.

"달빛도 환하고, 사람들로 북적거리니 추운 줄도 모르겠구려."

'이 오빠 싱겁기는, 저염식을 좋아하나. 소금 간을 팍팍 쳐 줘야 겠네.'

"예, 그렇긴 하네요."

"그럼 다리나 밟읍시다, 다리 밟으러 나왔으니."

"이미 한 번 밟지 않았나요?"

"그래도 또 한 번 밟자구요. 오늘은 다리 밟는 날이니."

이렇게까지 말하는데 거절할 수도 없고. 설마 밤새 이 다리를 왔다 갔다 하는 건 아니겠지?

"예, 뭐, 그럼."

체리는 어쩔 수 없이 효림을 따라 다시 광통교를 되돌아 걸었다. 그렇게 광통교 한가운데쯤을 지날 때였다. 효림이 걸음을 뚝 멈추더니 보름달을 가리켰다.

"하늘 좀 보지 않겠소? 보름달이 환하구려."

체리는 밤하늘을 올려다보았다. 정말 밤하늘 높이 보름달이 둥실 솟아올라 청계천 냇물과 광통교를 환히 비추고 있었다.

"이제 달님한테 새해 소망을 빕시다."

'아 참, 새해 소망을 빌러 나왔지? 그거라면 이미 준비돼 있으니……. 내 소방, 내 소원은 오직 하나요, 조국의 독립……이 아니고 21세기 미래국, 리퍼블릭 오브 코리아로 돌아가는 것, 오직 그것.'

체리는 일찌감치 소망 아이템을 확정하고 보름달에 빌 채비를 했다. 그런데 효림이 두 손을 가지런히 모으더니 명령하듯 이러는 것이다.

"낭자도 두 손을 모으시오. 이렇게."

'뭐, 그럽시다. 소원이든 소망이든 빌려면 두 손을 모으는 게 상식이니까.'

체리가 두 손을 모으자 효림이 또 말했다.

"자, 달님을 똑바로 쳐다보시오. 정성스레 온 마음을 담아서."

'아니, 왜 이래라 저래라요. 방년 십팔 세라면서, 나보다 나이 두 살 많은 게 대수요?'

이러면서도 체리는 보름달을 향해 고개를 들었다. 뭐, 일국의 대군마마이니 잠깐 대접 좀 해 주자 하면서. 효림이 그 모습을 보더니 한마디 더 덧붙였다.

"이제부터 달님께 소망을 빌 것이니, 나 하는 대로 따라 하시오."

체리는 눈을 휘둥그레 떴다.

"예에? 저하고 대군마마하고 소망이 다를 텐데 뭘 따라 해요?"

하지만 효림은 막무가내로 밀어붙였다.

"작은 소망은 다를지 몰라도 큰 소망은 우리 둘이 같을 것이오. 토 달지 말고 따라 하시오."

체리는 어이가 없었다.

'뭐? 소망이 같아? 내 소망을 당신이 어떻게 아는데? 내가 대한

민국 출신인 것도 모르잖아.'

그렇지만 효림은 어느새 보름달을 향해 소망을 또박또박 읊기 시작했다.

"정월 대보름을 맞아 달님께 비오나니."

체리가 입을 꼭 다물고 있자, 효림이 어서 따라 하라며 재촉했다. 체리는 잠시 망설이다가 에라 모르겠다, 어떻게 하나 보자, 하면서 그대로 따라 읊었다.

"정월 대보름을 맞아 달님께 비오나니."

흐뭇한 표정으로 효림이 다음 말을 이었다.

"오늘부터 저 효림 대군과 강체리는."

엥? 뭐지? 왜 두 사람 이름이 같이 나와? 불길한 예감이 들었지만 이번에도 그대로 따라 했다.

"오늘부터 저 효림 대군과 강체리는."

그러자 효림이 체리를 힐끗 보더니, 보름달을 올려다보며 힘주어 소리쳤다.

"서로를 깊이 연모할 것입니다."

"서로를 깊이…… 켁, 네?"

무심코 말을 따라 하다 체리는 놀라 입을 다물었다.

'이게 뭔 소리? 서로를 깊이 연모? 웬 연모?'

그러자 효림이 근엄한 표정을 지었다.

"어허, 왜 안 따라 하오? 이미 달님께 우리 둘 이름이 접수됐기 때문에 뒷 문구도 그대로 따라 해야 하오. 자, 따라 하시오. 서로를 깊이 연모할 것입니다."

'아니, 뭐 이런 억지가 있어?'

어이가 없어 체리는 계속 입을 다물고 있었다.

"무얼 망설이오? 내 마음이 낭자 마음, 낭자 마음이 내 마음 아니오? 난 그리 알고 있는데? 자, 복창! 서로를 깊이 연모할 것입니다!"

체리는 '내 마음이 낭자 마음, 낭자 마음이 내 마음 아니오?'라는 대목에서 그만 무너지고 말았다. 이미 효림을 좋아하고 있었지만, 그 마음을 감추고 있었으므로.

'그래, 까짓것, 21세기로 돌아갈 때 가더라도 이 오빠랑 썸 한번 타 보자. 이렇게 달님까지 엮어 프러포즈하는 로맨틱 가이인데, 대한민국에서도 못 타 본 썸, 조선에서 한번 타 보고 가자. 조선에 온 기념으로!'

체리는 이렇게 마음먹고 보름달을 향해 복창했다.

"서로를 깊이 연모할 것입니다."

효림은 흡족한 듯 체리를 내려다보더니, 보름달을 향해 마지막 문구를 읊조렸다.

"부디 저희의 연모를 오래오래 지켜 주소서."

체리도 그대로 따라 읊조렸다.

"부디 저희의 연모를 오래오래 지켜 주소서."

말을 마치자 효림이 와락 체리를 껴안았다.

"고맙소. 내 마음을 받아 주어서."

효림의 품에 안긴 체리는 마음이 간질간질, 가슴이 달콤새콤, 심장이 포근포근했다. 언제라도 계속 안기고 싶을 정도로……. 얼굴도 저절로 발그레 달아올랐다.

한양의 핫플, 조선가인살롱

며칠 후면 경칩이라더니, 맵차던 바람도 부드러워지고 아침 햇살도 따뜻해졌다. 인왕산 꼭대기며 중턱엔 아직 눈이 쌓여 있어도 가인살롱이 있는 산기슭엔 어느새 봄기운이 아른거렸다.

오늘 체리는 난향당에 다녀온 뒤 나머지 시간에 『동의보감』 중 화장과 관련된 부분을 공부하기로 했다. 한 달 전쯤부터 화장 공부를 시작한 연화도 함께 자리했다.

모두 의자에 앉자 장 나인이 『동의보감』을 펼치며 말했다.

"오늘은 먼저 수천정(修天庭)에 대해 공부해 볼까요?"

"수천정이요?"

체리와 연화가 동시에 묻자, 장 나인이 빙그레 웃었다.

"호호, 모범 학생들이 눈빛 반짝거리며 달려드니 가르칠 맛이 절로 나네요. 예, 수천정은 미안수를 바른 다음 손바닥이 뜨거워질 정도로 이마 위를 문질러 주는 거예요. 이마에서 머리털이 난 부분까지 열네 번에서 스물한 번까지 문질러 주면 저절로 빛이 나면서 이마가 반짝반짝해지지요."

'어머나, 이거 마사지 아냐? 조선 시대에도 마사지가 있었다니.'

체리는 신기해서 『체리장서』에 얼른 그 내용을 적어 넣었다.

그때 갑자기 밖이 떠들썩해지더니 대문 두드리는 소리가 났다. 여인들 소리도 따라 들려왔다.

"이보시오! 문 좀 열어 보시오!"

"계십니까? 좀 나와 보세요!"

공주와 효림 대군, 난향당 사람들 말고는 찾아오는 이가 없기에 셋은 서로를 마주 보았다.

"누구지?"

"제가 나가 볼게요."

연화가 먼저 대문으로 뛰어나가고, 체리와 장 나인도 대청마루로 나왔다. 연화가 잔뜩 경계한 목소리로 소리쳤다.

"뉘신지요?"

왁자지껄 떠드는 소리와 웃음소리가 잦아들더니 한 여인이 말했다.

"여기가 조선가인살롱 맞지요?"

"그렇습니다만, 무슨 일이시오?"

"우리는 청풍루 기녀들이오. 강 규수님을 뵈러 왔소이다."

체리는 고개를 갸웃했다.

'청풍루라면 한양 장안에서도 일류 기방이라 들었건만 거기 기녀들이 왜 나를 보러 와? 설마 나를 기녀로 스카우트하러? 오, 노! 네버, 절대사절! 본의 아니게 조선 시대로 타임 슬립해서 별별 체험 학습을 다 하고 있지만 아무리 그래도 기녀는 절대 안 되지. 인생 망칠 일 있나?'

연화가 달려와 물었다.

"어찌할까요?"

"무슨 까닭으로 날 찾는지 물어보거라."

"예, 알겠습니다."

연화가 다시 대문 앞으로 가서 소리쳤다.

"우리 아기씨께서 무슨 일로 찾느냐고 물으십니다."

기녀들이 소리쳤다.

"천하절색 강 규수님의 신묘한 화장술을 배우러 왔소."

"강 규수님한테 사랑시 짓는 법도 배워 보고 싶소."

'헐! 이 무슨 황당무계한 시추에이션? 내가 조선 기녀들 데리고 뷰티 강좌, 시 쓰기 강좌 열 일 있나? 신묘한 화장술이라고 해 봤자 오로지 살아서 21세기로 돌아가야 한다는 일념하에 얼렁뚱땅 개발한 거고, 사랑시 역시도 저 위대하신 민족시인 소월 쌤의 명시를 슬쩍한 것이건만……. 화양분전 여주인도 그러더니, 뭐가 어

떻게 소문이 났기에 기녀들까지 이 야단이지?'

체리가 황당해하고 있는데 연화가 다시 조르르 와서 '어찌할까요' 하는 표정을 지었다. 물론 체리는 기녀들에게 성형 화장술이며 시 작법을 전수할 생각일랑 털끝만큼도 없었다.

"난 뭘 가르칠 생각이 없으니 얼른 돌아가라고 전해라."

"예, 알겠습니다."

연화가 다시 대문 앞으로 가서 체리의 뜻을 전했다. 하지만 기녀들은 물귀신 작전으로 나왔다.

"기왕지사 온 사람들을 어찌 야박하게 문전박대 하시오?"

"기녀들이라고 깔보는 게요? 일단 대문 좀 여시오. 얼굴이라도 뵙고 가게……."

"미리 연통도 없이 와서 왜 이리 소란이오? 우리 아기씨가 싫다는데 어찌 억지를 부리고요? 어서들 돌아가시오."

연화가 단호히 말하자 한 기녀가 앞으로 나섰다.

"강 규수님께 전해 주시오. 작년 가을 한강 뱃놀이 때 만났던 매월이가 왔노라고. 함께 누정에 올라 시회도 했는데…… 설마 모른다고 하진 않겠지요."

체리는 귀를 쫑긋 세웠다.

'한강 뱃놀이 때 만난 매월이? 효림 대군한테 교태를 부리면서 목 빠지게 기다렸건만 왜 기방에는 코빼기도 안 비추고 뱃놀이 나왔냐, 어쩌고 하며 시비 걸었던 그 기녀?'

연화가 어떻게 할지 묻는 눈빛으로 쳐다보자 체리는 한숨을 내쉬었다.

"어쩌겠니. 들어오라고 해라."

곧 연화가 빗장을 풀고 대문을 활짝 열었다. 그러자마자 예닐곱은 되는 기녀들이 우르르 쏟아져 들어왔다. 누가 일류 기방 기녀 아니랄까 봐 모두들 알록달록 화려한 비단 치마저고리에, 고개가 부러질 듯 커다란 가체를 머리에 얹고, 나비 떨잠, 모란잠, 노리개, 가락지 등 화려한 장신구로 치장한 모습이었다. 그뿐이랴. 장미 향, 매화 향, 백단 향 등 온갖 향을 어찌나 진하게 풍겨 대는지 머리가 지끈지끈 아플 정도였다.

"어머나, 조선가인살롱 현판도 있고 근사하다!"

"그러게, 집도 아담하니 어여쁘네. 천하절색 규수님 집답게."

기녀들이 엉덩이를 샐룩거리며 들어오더니 체리를 보고 찬사를 쏟아냈다.

"소문대로시네요. 어쩜 저리 고우실꼬?"

"양귀비며 서시가 따로 없네. 매월 언니가 샘나서 밤잠 못 이뤘을 법도 하네요."

"호호, 우리 대군마마님이 규수님 치마폭에 퐁당 빠지실 법도 하네용."

매월이 기녀들을 호되게 나무랐다.

"웬 입방정들이냐? 인사부터 올리거라. 조선가인살롱의 강 규수님이시다."

기녀들이 다소곳이 고개를 숙이자, 그제야 매월이 콧소리까지 내 가며 말을 건넸다.

"호호, 강 규수님, 가을에 뵈었는데 새봄에 또 뵙네요. 갑자기 들이닥쳐 죄송합니다. 아우들이 한번 가 보자고 어찌나 떼를 쓰던지……. 안 계시면 그냥 돌아가려 했는데, 마침 계셔서 제가 청을 드렸네요. 조선가인살롱 구경 좀 시켜 주세요."

매월은 꽤나 반가워했지만 체리는 별로 그렇지 않았다. 작년 한강 뱃놀이 때 효림에게 밉상으로 굴던 모습이 떠올랐기 때문이다. 나이도 스무 살은 넘어 보이는데 말을 놓아야 하나, 높여야 하나도 고민됐다.

'하지만 공식적으로 난 반가 규수, 저쪽은 기녀. 그럼 말을 놓는 게 맞겠지?'

체리는 반말보다는 조금 높은 '하게'체로 말했다.

"아무려나 들어오…… 시게."

"얘들아, 들어가 보자."

매월의 말을 신호로 기녀들이 가인살롱으로 몰려들었다. 그러고는 화장품을 모아 놓은 경대 쪽으로 가서 이것저것 구경하느라 난리였다.

"어머나, 이건 연지합이고, 이건 분합이네. 갑부터 너무 예쁘지 않습?"

"그러게, 이 미묵하고 윤안향밀 좀 봐. 뭔가 고급져 보이지 않니?"

"함부로 만지지 마. 공주마마 쓰시는 건지도 모르잖아."

이왕 들어오라 한 거 까칠하게 굴고 싶지 않아, 체리는 선심 쓰듯 말했다.

"궁금하면 열어도 보고 발라도 보게. 이건 견본품들이니……."

"정말요? 좋아라!"

뚜껑을 열어 보네, 향을 맡아 보네, 얼굴에 발라 보네, 수선을 떨며 기녀들은 연신 조잘거렸다.

"우아, 홍화꽃 연지다. 딱 보아도 주사로 만든 연지랑 차이가 나네."

"이건 진주 백분인가 봐요. 빤짝빤짝 빛나는 것 좀 봐. 이거 바르면 얼굴도 뽀샤시해지겠다."

"눈가에 바른다는 색분이 이거구나? 오호, 신기방기!"

"우리도 가인살롱 화장품 바르면 강남흔녀 말고 개성가인 되남? 공주마마도 완전 개성 미녀 되셨다던데."

그때 매월이 체리에게 와서 넌지시 물었다.

"이 화장품들 다 강 규수님이 손수 만드셨나요? 운종가 분전 빰치게 종류가 많네요."

"분전에 댈 것은 아니네. 나 혼자 만든 것도 아니고 여기 향아님이 도와주셨네."

그제야 옆에 있던 장 나인에게 매월이 알은체를 했다.

"아, 보염서에서 일하셨다는 항아님이시군요. 말씀 들었어요."

"예, 근데 화장품은 그쪽 말이 맞아요. 처음엔 내가 도와드렸어도 요즘엔 우리 아기씨가 거의 혼자서 만드시거든요. 장안에 짜한 반윤곽 화장술이니, 개성미 화장술이니 하는 성형 화장술도 다 우리 아기씨가 개발한 것이지요."

장 나인의 설명을 듣더니 매월이 체리에게 눈길을 돌렸다.

"그래서 말인데요. 실은 저희 행수* 언니께서 규수님께 여쭤 보라해서 왔답니다. 규수님이 우리 청풍루 기녀들한테 성형 화장술을 좀 가르쳐 주면 좋겠다고 하시네요. 이왕이면 사랑시 작법도……."

말도 안 되는 소리라 체리는 손을 내저었다.

"무슨 소리를. 그럴 능력도 시간도 없네. 절대 못 하네."

"그러지 말고 해 주시어요. 행수 언니가 두둑이 사례하신다 했습니다."

"아니네. 오늘은 내 집에 온 사람을 그냥 보낼 수 없어 들인 것뿐이네. 우리 살롱 구경도 했고 내 뜻도 알았으니, 이제 그만들 가 보시게."

체리가 워낙 단호하게 거절했기에 매월도 더는 부탁하지 못했다. 그렇지만 나중에라도 생각이 바뀌면 꼭 연통을 달라고 하곤 아쉬운 표정으로 돌아갔다.

* 행수(行首) : 무리의 우두머리를 일컫는 말.

그런데 청풍루 기녀들이 끝이 아니었다. 조선가인살롱에는 연일 여인들의 발길이 이어졌다. 청풍루와 쌍벽을 이루는 옥영정은 물론 장안의 이름난 기방 기녀들은 죄다 찾아오고, 명문 세도가의 안방 마나님들 모임에서부터 반가 규수들 모임까지 체리를 만나지 못해 안달이었다. 미리 정중히 편지나 사람을 보내 뜻을 묻기도 했지만 청풍루 기녀들처럼 다짜고짜 방문한 경우도 적지 않았다. 당연히 체리는 모두 다 돌려보냈다. 그들을 만날 생각도 무얼 가르칠 생각도 없음을 똑똑히 밝히면서.

물론 조선에서 영영 살아야 한다면 조선가인살롱을 키우고 조선 최고의 메이크업 아티스트가 되는 것도 해 볼 만한 일일 것이다. 하지만 몇 달만 있으면 21세기로 반드시 돌아갈 텐데, 그런 처지에 뷰티 강좌며 시 작법 강좌를 어찌 시작하겠나.

그런데 하루는 공주가 이리 말하는 것이었다.

"내 소문을 듣고 강 규수를 찾는 여인들이 저리 많을진대, 홍익인간 정신을 발휘해 조선의 여인들을 구해 주면 어때? 물론 힘이야 들겠지만."

'홍익인간 정신? 도덕 시험에 나오던 단군 할아버지의 건국 이념?'

"공주마마도 참, 그런 거창한 정신을 왜 저더러 발휘하라고 그러세요. 그런 말 마세요."

체리가 손을 내젓자 공주가 다시 말했다.

"외모 때문에 죽으려고까지 했던 날 이리 살려 주고, 살아갈 기쁨을 준 게 그대잖아. 강 규수가 나한테 해 준 성형 화장술과 자존감 훈련, 그런 것도 다 홍익인간 정신에 해당된다고. 그대가 아니었음 어떻게 오늘의 내가 있겠어? 영영 말을 잃고 죽은 듯 만 듯 살거나 어마마마 계신 곳으로 갔어도 벌써 갔겠지."

"어휴, 그런 말씀 마세요."

"아무튼 강 규수 덕에 천하박색이었던 내가 개성 넘치는 미인이 됐다는 소문을 듣고 여인들이 찾아오는 거 아니겠어? 외모 검불락수, 그걸 극복해 보려고 말이지."

"그건 그렇겠죠."

"그러니 강 규수가 홍익인간 정신으로 그 여인들을 구해 주면 좋겠다는 거야."

'헐! 본의 아니게 조선 땅에 떨어져 공주를 치유시키는 미션을 받은 것도 어이없었는데, 외모 검불락수로 고생하는 조선 여인들을 구해 주라고? 홍익인간 정신이 21세기 휴머니즘과 통하는 건 알겠는데, 그거 실천해서 노벨 평화상 받을 일 있소? 게다가 난 칠석날에 돌아갈 사람이니 더는 다른 일 못 하오! 절대 네버 못 하오오!'

이렇게 목 놓아 외치려는데 아차, 불현듯 번개처럼 머리를 때리는 한 가지 생각이 있었다.

'헉! 이거 혹시 함정인가? 혹시 이것까지가 미션인데 내가 몰라보고 있는 건가?'

그러고 보니 도무녀가 말한 임무를 너무 쉽게 찾았던 것도 같았다. 공주도 예상보다 빨리 치유됐고. 게다가 지금은 공주를 보살피는 시간도 팍 줄어서 거의 놀고먹는 수준이었다. 갑자기 불안감이 밀물처럼 몰려왔다.

'아무래도 공주뿐 아니라 조선 여인들의 외모 콤플렉스를 줄여주는 것까지가 미션인 거 같아. 그러면 그렇지, 미션이 그리 쉬울 리가 있나. 그것도 모르고 꽃선비랑 사극 로맨스나 찍으면서 탱자탱자하고 있었으니 큰일 날 뻔했네.'

꼭 미션 때문이 아니더라도, 하는 데까지 해 보면 어떨까 하는 마음도 들었다. 그러다 칠석날 21세기로 돌아가게 되면, 조선가인 살롱을 연화나 장 나인한테 물려주면 되고!

'까짓, 조선 여인들을 다 가인으로 만들어 주는 살롱 한번 만들어 봐? 어차피 조선 여인들에게 봉사하는 거, 영웅 한번 돼 봐?'

이런 생각을 하고 있는데 공주가 다시 체리를 설득했다.

"여인들이 공짜로 배우겠다는 것도 아니잖아. 강습비도 두둑이 내겠다니 기회가 백날 천날 오는 것도 아니고 이참에 조선가인살롱을 키워 보는 것도 좋지."

'강습비가 있다고? 조선 돈을 아무리 번다 해도 21세기로 갖고 갈 순 없겠지만 일단 팍팍 벌어 봐? 어디 한번 조선 땅에서 뷰티 강좌, 시 작법 강좌를 열어 봐?'

체리는 살짝 마음이 흔들렸고, 결국 공주 말대로 해 보기로 했다.

그대는 나의 정인, 나는 그대의 정인

꽃샘추위가 지나고 나니 드디어 완연한 봄이 되었다. 나무마다 푸릇푸릇 새잎이 돋고, 봄꽃도 하나둘 피어나기 시작했다. 일찌감치 아침을 먹은 체리는 잠시 앞뜰을 거닐었다. 어제부터 꽃망울을 터트리기 시작한 매화꽃이 오늘은 더 활짝 피어 있었다.

연화가 앞뜰로 내려와 손에 든 종이를 보여 주었다. '조선가인살롱-오늘의 일정'이라는 제목 아래 시간대별 일정이 촘촘히 적힌 종이였다. 조선가인살롱이 조선 여인들이 선망하는 핫플레이스가 되면서 찾는 사람이 많아지자, 예약제로 하고 대문에 일정표를 붙이기 시작한 게 보름 전부터였다. 대청마루 위에 걸었던 '조선가인살롱' 현판도 이젠 아예 대문 위로 옮겨 걸었다.

"아기씨, 오늘은 쉴 틈 없이 일정이 빡빡하셔요. 오전에는 옥엽정 기녀들, 오후에는 은월시사 규수들과 숙부인* 모임이 예약돼 있어요."

"빡빡해도 괜찮아. 가르치는 게 은근 재미있더라. 근데 저녁에 대군마마도 오신다고 했어."

"아, 오늘 대군마마 오셔요?"

"응, 요새 무슨 서책을 쓰시는데, 내 도움이 필요하다고 같이 연구 좀 하자시네."

"헤헷, 연구는 무슨 연구? 두 분이 감귤이나 까 드시면서 노닥거리시는 거 누가 모를까 봐서요?"

"얘가 무슨 소리를 하는 거야? 누구 들을라."

"제가 뭐 없는 얘기 하나요? 아무튼 대문 밖에 일정표나 붙이겠습니당."

연화가 생글생글 웃으며 대문 밖으로 사라졌다.

예정된 일정을 마치고 저녁까지 먹은 다음이었다. 효림 대군이 진무도 없이 혼자 가인살롱으로 들어섰다. 손에는 커다란 책보를 들고 있었다. 방 안으로 들어서며 효림이 그윽하면서도 달달한 눈길로 말했다.

"오랜만이오. 보고 싶었소."

* 숙부인(淑夫人) : 조선 시대 정삼품 당상 문무관의 아내에게 준 품계.

"뭐, 그리 오랜만은 아닌데……."

"뭐가 오랜만이 아니라는 게요? 닷새나 됐건만……. 나는 하루하루가 여삼추 같았는데 낭자는 아니 그랬나 보오?"

'헐, 이런 귀요미 오빠 같으니라고! 생떼 쓰는 것도 아니고 닷새가 여삼추라니. 나도 뭐 그랬다고 해 두자.'

체리는 웃음을 머금고 대답했다.

"예예, 저도 일일이 여삼추였나이다. 됐습니까?"

그제야 효림이 삐쳤던 얼굴을 풀고 환하게 웃었다.

닷새 만에 보는 것인데도 체리는 왠지 매일매일 만난 느낌이었다. 하루가 멀다고 러브레터, 아니 연서를 주고받은 까닭에 만나지 않아도 만난 듯, 보지 않아도 본 듯이 늘 효림이 눈앞에 아른거렸기 때문이다. 하지만 이렇게 얼굴을 마주하니 얼마나 또 가슴이 뛰는지……. 연서를 읽을 때와는 차원이 다른 콩콩거림이 두 볼을 발그레하게 만들었다.

그때 효림이 책보를 풀었다. 안에는 괘지 공책 여러 권과 벼룻집 같은 게 들어 있었다.

"실은 내가 관상이 지배하는 우리 조선의 문제를 파헤치고 각자의 타고난 개성을 중시하는 사회를 만들자는 내용으로 서책을 쓰고 있소. 관상지상주의가 우리 조선을 갉아먹고 있어서 말이지요. 그래서 말인데."

작년 여름 홍화꽃을 따러 갔을 때 효림과 진무가 나눈 얘기를 들었기에 체리는 이 얘기가 낯설지 않았다.

"내 책에 낭자가 개발한 성형 화장술 얘기도 집어넣고 자존감 훈련법도 넣으면 어떨까 해서. 왜냐하면 관상이 나쁘네 어쩌네 해서 상처받은 사람들일지라도 성형 화장술이나 자존감 훈련을 통해서 얼마든지 개성 넘치는 외모를 가질 수 있지 않겠소? 자존감과 자신감도 높일 수 있고. 낭자는 어찌 생각하오?"

'오잉? 조선 왕자가 쓰는 책에 내 화장술과 자존감 훈련법이 들어간다고? 이리 영광스러울 데가! 게다가 조선의 관상지상주의나 대한민국의 외모지상주의나 비슷비슷하잖아.'

체리는 생각해 볼 것도 없이 고개를 끄덕였다.

"좋아요! 관상이나 화장술이 모두 얼굴과 연관이 있으니까요!"

"좋다고 할 줄 알았소. 그럼 내 책의 별책 부록으로 집어넣되, 체리 낭자의 저술임을 꼭 밝히겠소."

"당연히 그러셔야지요. 아니면 제 걸 훔쳐 쓴 게 될 테니."

"허허, 맞소. 글 도둑이 되면 안 되지. 근데 책 제목은 뭐가 좋을까? '조선을 뒤흔든 관상술의 정체' '관상술, 그것이 궁금하다' '관상학을 버려야 조선이 산다' 정도 생각해 봤는데 어떠시오?"

조선 서책치고는 꽤나 감각적인 제목이라 체리는 깜짝 놀랐다. 조선 시대 책이라 하면 『난중일기』『징비록』『목민심서』『표해록』『임원경제지』처럼 제목이 딱딱하기 일쑤 아니던가?

"예, 좋기는 한데, 관상술의 문제를 파헤친 것이랄 뿐 딱히 작자가 뭘 얘기하려는지 잘 안 나타는 것 같은데요?"

체리의 말에 효림이 눈을 반짝 빛냈다.

"날카로운 지적이오. 그럼 혹시 추천할 만한 제목이라도 있으시오? 총명한 머리로 구상해 보시오."

'총명한 머리'란 말에 뿔을 뻔했지만 체리는 간신히 참고 생각해 보았다. 순간, 번개처럼 좋은 제목들이 떠올랐으니.

"저…… '개성지상주의' 혹은 '관상지상주의, 개성으로 맞서자!'는 어떠시온지요?"

"오! 그거 좋소! 역시 낭자요! 주제 파악도 금방 되고, 귀에 쏙쏙 들어오는구려. 특히 나는 '개성지상주의'가 마음에 드오. 아무튼 책 제목도 정했으니 오늘은 밤을 새워서라도 일을 해야겠소."

"예에? 밤을 새워요? 어디서요?"

"어디긴 어디요? 난향당이지. 무슨 생각을 한 것이오?"

"아, 아닙니다."

아니긴……. 솔직히 체리는 효림이 가인살롱에서 밤을 새우겠다는 줄 알고 화들짝 놀랐다.

"마침 내일이 외숙부 생신이라 아침에 난향당에서 잔치를 하지 않소? 그래서 여기서 체리 낭자와 글 정리 좀 하다가 인경* 전에 난향당으로 갈 생각이오, 괜찮겠소?"

* 인경(人定) : 조선 시대에 통행금지를 알리거나 해제하기 위해 치던 종.

"뭐, 그러던지요."

"이게 다 방각소*에서 서둘러서 그러는 거라오. 서책을 방각본** 으로 내려 하는데, 대박 조짐이 보인다며 방각소 주인이 어찌나 재촉을 하는지. 육칠일 안에는 마무리를 해 달라는데, 낭자는 어떠시오? 그때까지 별책 부록 가능하겠소?"

"예, 맞춰 볼게요."

그때 성주댁과 연화가 급히 찾아서 나가 보니, 난향당에서 급한 연락이 왔다고 했다. 잔치 음식 준비를 하던 부엌어멈이 다쳐서 일손이 부족하니 성주댁과 연화가 와서 좀 도와달라는 전갈이라고 했다.

"그럼 얼른 가 봐야지. 가 보세요들."

체리가 말했지만 성주댁이 가지를 않고 머뭇머뭇했다.

"예, 그런데 아기씨 혼자 두고 가기가…… 날도 어둑어둑한데."

방 안에서 듣고 있던 효림이 소리쳤다.

"인경까지는 내가 있을 테니 걱정 말고 다녀오게. 마침 우리 둘이 뭐 좀 연구할 게 있다네."

"대군마마께서 계신 걸 깜빡 잊었네요. 알겠습니다. 그럼 얼른 다녀오겠습니다."

조금 뒤, 성주댁과 연화가 대문을 나가는 소리가 들렸다. 이내

* 방각소(坊刻所) : 조선 중기 이후에 주로 방각본 서책을 출판하던 민간 인쇄소.
** 방각본(坊刻本) : 조선 중기 이후에 민간의 출판업자가 출판한 서책.

가인살롱은 정적에 휩싸였다.

빈집에 효림과 단둘이 있으려니 체리는 영 어색하고 서먹서먹했다. 눈길을 어디에 두어야 할지, 무얼 해야 할지도 모르겠고 효림 앞에 마주 앉기도, 옆에 앉기도 멋쩍어서 창가로 가서 들창 밖만 내다보았다. 효림은 책이라도 보는지 아무 말이 없었다.

조금 뒤 어스름이 내려앉고 사방이 어두워지기 시작했다. 체리는 얼른 등잔불을 밝혔다. 방 안의 어둠이 걷히자 효림이 체리를 불렀다.

"그러고 있지 말고 이리 오오. 서책 연구나 합시다."

창가에 계속 서 있을 수도 없어 체리는 효림 앞에 마주 앉았다. 그런데 효림이 갑자기 옆으로 오더니 이러는 것이다.

"지금부터 잠시 눈을 감았다가 내가 뜨라고 하면 뜨시오. 그 전엔 절대 눈을 뜨면 안 되오."

'오잉? 또 무슨 허튼 수작을 하려고 이러지?'

체리는 얼른 몸을 옆으로 뺐다.

"아니, 왜요?"

"왜요라니, 하라면 하라는 대로 해야지."

"하라는 대로 하라니요! 우리 사이가 그따위 주종 관계라면 당장 끝내겠어요!"

체리가 소리치자 효림이 웃으면서 손을 잡았다.

"그 성깔머리 참 매력적이군. 난 이래서 낭자가 좋소. 암튼 이건 명이 아니라 청이오. 내 청 좀 들어주오."

"서책 쓰는 거 연구하기로 했잖아요? 청이고 뭐고 그거나 해요."

"이것부터 하고. 일단 눈 좀 감아 봐요. 이건 명이오."

'아니, 아깐 청이라더니, 이젠 또 명이라고? 대체 명이오, 청이오?'

체리는 어쩌나 보자 싶어 일단 눈을 감았다. 그러자 효림이 뭔가 부스럭부스럭하더니 말했다.

"자, 눈을 감은 채 왼손을 내미시오. 절대 눈은 뜨지 말고."

뭐 하는 거지, 하면서도 체리는 왼손을 내밀었다. 그러자 효림이 한 손으로 체리의 손을 잡고 넷째 손가락에 뭔가를 천천히 끼웠다.

'앗, 이것은 반지?'

"이제 눈을 뜨시오!"

체리는 눈을 살며시 떴다. 역시나 왼손 약손가락에 반지가 끼워져 있었다. 은색 바탕에 파란색과 하늘색으로 연꽃무늬를 새겨 넣은 반지, 언젠가 운종가에서 구경했던 은파란 반지였다.

"아니, 왜 이런 걸."

체리의 물음에 효림이 그윽하면서도 달달한 눈빛으로 말했다.

"왜라니, 내가 낭자를 연모한다는 증표요. 내 생애 처음으로 여인한테 끼워 주는 반지라오. 눈대중으로 어림짐작했는데 딱 맞는구려."

'헉! 열여섯, 아니다, 해가 바뀌었으니 열일곱? 아니, 아니, 타임 슬립 상태니까 아직 열여섯인가? 아무튼, 나이야 어떻든 생애 처음으로 남자에게서 반지를 받다니 강체리 인생에 길이 남을 역사적인 순간이 아닌가!'

심장이 쿵쾅쿵쾅 뛰고 얼굴이 달아올랐다. 그런데 이번엔 효림이 또 다른 은파란 반지를 내밀며 이러는 것이었다.

"이건 낭자가 내 손가락에 끼워 주시오. 그대와 나, 서로 연모한다는 징표요."

'오, 이게 말로만 듣던 커플링! 조선으로 타임 슬립해서 난생처음 커플링까지 끼게 될 줄이야!'

체리는 두근두근하는 가슴을 달래며 효림의 왼손 약손가락에 조심조심 반지를 끼워 주었다.

반지가 다 끼워지자 효림이 자신의 왼손을 체리의 왼손 옆에 나란히 놓았다. 그러고는 체리를 보며 다정히 속삭였다.

"오늘부터 일일이오. 우린 진짜 정인이 된 것이오. 그대는 나의 정인, 나는 그대의 정인."

"대군마마……."

체리는 말을 잇지 못했다. 은빛과 파란빛이 아름답게 어우러진 은파란 반지가 둘의 손에서 반짝거렸다.

하늘 가득 먹구름

진달래와 철쭉이 온 산하에 흐드러지게 핀 봄날 아침이었다. 체리는 대궐로 세자빈에게 화장을 해 주러 가게 되었다. 사흘에 한 번씩 빈궁*에 가서 세자빈의 화장을 하게 된 것이다.

빈궁에서 처음 연통이 왔을 때는 당연히 거절하고 싶었다. 세자빈에게 화장해 주는 일이 너무 부담스러웠기 때문이다. 다행히 세자빈은 몹시 푸근해 보이는 인상이었고, 첫인사를 하는 체리를 꽤나 반가이 맞이했다.

"듣던 대로 미색이구려."

"과찬이시옵니다, 빈궁마마."

* 빈궁(嬪宮) : 조선 시대에 세자빈이 거처하던 곳.

"그나저나, 내가 강 규수를 부른 뜻은 잘 알고 있는가?"

"예, 상궁마마께 잘 전해 들었습니다."

"우리 보염서에도 화장술이 뛰어난 나인들이 있지만 강 규수 명성이 워낙 자자해 내가 특별히 불렀네."

"보잘것없는 사람을 불러 주시어 광영이옵니다. 성심을 다해 뫼시겠습니다."

"그래 주면 내 특별히 강 규수를 가까이하겠네. 내 얼굴에 어울릴 만한 화장술을 맘껏 펼쳐 보시게."

"예, 마마."

체리는 고개를 들고 세자빈의 얼굴을 차분히 살폈다. 피부색이 약간 누리끼리한 데다 코가 납작하고 반달눈이 조금 처진 게 흠이라면 흠일까, 나름 단아한 자태였다.

"어떤가? 내 얼굴엔 어떤 화장술이 어울리겠나?"

"예, 빈궁마마께는 피부색을 좀 밝게 하고 이목구비의 윤곽을 살려 주는 화장술을 하면 될 것 같사옵니다."

"그리하면 한결 나아지겠는가?"

"그럼요. 지금도 충분히 고우시나, 그리하면 한결 고와지실 것이옵니다."

"그 말을 들으니 벌써부터 날아갈 것 같구려. 참, 나한테 쓸 화장품은 전부 다 조선가인살롱에서 만든 것이겠지?"

"예, 최고급 재료로 제가 직접 만든 것입니다. 연지 재료인 홍화꽃은 직접 밭에 가서 따 왔고요. 최고 품질을 자랑한다고 감히 말씀드리겠습니다."

"기대가 크오. 아무려나, 나는 강 규수만 믿네."

"예, 마마. 그럼 미안수로 존안을 깨끗이 한 후 본격적으로 시작하겠습니다."

체리는 장 나인의 도움을 받아 가며 세자빈의 얼굴에 화장을 시작했다. 행여 세자빈 마음에 안 들까 봐 얼마나 조마조마했는지 모른다. 그런데 화장이 다 끝났을 때, 세자빈은 너무 흡족해하며 이렇게 말했다.

"아주 만족스럽구려. 원래 부탁했던 대로 사흘마다 아침 일찍 와서 나를 좀 꾸며 주시게."

* * *

봄은 무르익고 효림과 체리 사이도 한층 무르익어 갔다. 둘의 공저인 『개성지상주의』도 불티나게 팔려 나가 큰 기쁨을 주었다. 『개성지상주의』는 조선의 지식 사회에 돌풍을 일으킬 정도로 큰 인기를 끌었다. 선비들은 물론이고 교양 있는 부인이나 규수, 기녀에 이르기까지 이 책을 읽지 않고서는 대화할 수 없을 정도라고 했다.

가인살롱도 성황을 이루고, 효림과의 사랑도 깊어지면서 체리의 고민도 덩달아 커져 갔다. 조선에서는 확실한 직업도 있고 남친(?)도 있는데 꼭 21세기로 돌아가야 하나, 이대로 조선에서 살아가는 것도 괜찮지 않을까 하는 생각이 불쑥불쑥 들었기 때문이다.

그런데 어느 날부터인가 조선가인살롱에 먹구름이 끼기 시작했다. 가인살롱에서 화장술을 지도받거나 화장품을 사 간 여인들에게서 괴질이 발생한 것이다. 분을 바른 얼굴이 푸르죽죽해지는가 하면, 연지를 칠한 입술이 부풀어 오르고, 미묵을 바른 눈썹에 부스럼이 나는 등 고통을 호소하는 여인들이 하루하루 부쩍 늘어만 갔다. 당연히 화장술을 배우거나 화장품을 사려는 여인들의 발길이 뚝 끊기고, 오히려 항의하거나 화장품을 반품하려는 발길만 이어졌다.

조금 전에도 웬 기방의 머슴들이 와서 연화와 한바탕 옥신각신 다투고 갔다.

"아기씨, 이번에는 옥엽정 기녀들한테서 문제가 생겼답니다. 기녀들 얼굴이 완전 엉망진창이 돼서 아예 손님도 못 받고 있다네요."

체리는 이만저만 걱정이 아니었다.

"이게 무슨 일이지? 한두 사람도 아니고, 우리 가인살롱을 들락거린 여인마다 문제가 생겼다니. 재료에도 이상이 없고, 화장술도 늘 그대로인데……."

그때 누군가 대문을 박차고 우르르 들어오더니 쩌렁쩌렁 소리쳤다.

"죄인 강가 체리는 나와서 오라를 받으라! 장가 순덕, 오가 연화도 나와서 오라를 받으라!"

체리는 놀라 대청마루로 뛰쳐나갔다. 장 나인과 연화도 허둥지둥 따라 나왔다.

앞마당엔 육모 방망이를 들고 오랏줄을 허리에 찬 포졸들이 한가득 들어차 있었다. 그들 앞에는 우두머리인 듯한 우락부락한 사내가 서 있었다. 체리는 덜덜 떨렸지만 차분히 물었다.

"내가 강체리요. 죄인이라니 무슨 소리요?"

맨 앞에 있던 우두머리가 말했다.

"역모죄와 민심교란죄로 세 사람을 압송하라는 어명이오."

'역모죄라니, 민심교란죄라니. 누가? 내가? 말도 안 돼!'

"당치 않소! 우리는 아무 죄가 없소."

체리가 소리치자 우두머리가 포졸들을 향해 지시했다.

"뭣들 하느냐! 속히 죄인들을 압송하라!"

"예이!"

포졸들이 달려들어 세 사람을 오랏줄로 묶었다. 그러고는 양쪽에서 팔을 끼워 대문 밖으로 질질 끌고 나갔다.

"이거 놓으시오! 어찌 사람을 함부로 잡아가시오!"

체리가 몸부림치며 소리쳤지만 아무 소용 없었다.

"아이고, 아기씨! 이게 무슨 날벼락입니까. 아이고, 아이고!"

성주댁이 울부짖으며 대문 밖까지 쫓아 나왔다.

"시간 없다. 어서 가자!"

우두머리가 소리치자 포졸들이 체리의 양팔을 잡아당겼다.

'이게 뭔 일이야. 어디로 끌려가는 거야. 엄마 아빠, 나 좀 살려 줘요!'

포졸들에게 끌려가며 체리는 머릿속이 하얘졌다.

음산한 추국장

흐린 날씨 탓일까, 대궐 추국장*은 한없이 음산했다. 체리는 온몸이 묶인 채 신문을 기다리고 있었다. 밤새 한숨도 못 자고 뜬눈으로 새우다시피 해서 머릿속도 뿌옇고 온몸에 기운도 쏙 빠진 상태였다. 양옆에는 장 나인과 연화가 의자에 묶인 채 고개를 푹 떨어뜨리고 있었다.

곧 세자가 대신들과 함께 추국장으로 들어서더니 앞에 자리를 잡고 앉았다. 포도대장이 소리쳤다.

"죄인들은 고개를 들라!"

체리는 마음을 단단히 먹고 고개를 들었다. 장 나인과 연화도 힘

* 추국장(推鞫場) : 조선 시대에 의금부에서 임금의 명에 따라 중한 죄인을 심문하던 곳.

겹게 몸을 바로 세웠다. 세자가 세 사람을 차례차례 쳐다본 뒤 체리에게 눈길을 고정했다. 그러고는 옆에 있는 포도대장에게 물었다.

"저기 한가운데에 있는 죄인이 강가가 맞는가?"

"맞습니다, 세자 저하."

세자가 고개를 끄덕이더니 체리를 추국하기 시작했다.

"죄인은 여기 끌려온 이유를 아는가?"

기운이라곤 하나도 없었지만 죄인이라는 그 말부터 억울해서 체리는 일부러 힘을 내어 또박또박 대답했다.

"저하, 송구하오나 역모죄 및 민심교란죄로 잡혀 왔다 들었습니다. 하오나 저는 역모를 꾀한 적도 민심을 흐트러뜨린 적도 없습니다. 억울함을 헤아려 주소서!"

세자의 목소리가 단박에 높아졌다.

"뭐라? 효림 대군과 함께 『개성지상주의』라는 해괴한 책을 써서 역모를 꾀하고 민심을 교란시켰거늘 어찌 시치미를 떼는가? 빈궁을 해하려 한 사실 또한 역모에 해당하거늘!"

'뭐? 『개성지상주의』가 역모를 꾀하는 책이라고? 내가 세자빈을 해하려 했다고?'

말도 안 되는, 처음 듣는 얘기가 당황스러웠지만 체리는 아는 대로 대답할 수밖에 없었다.

"저하, 송구하오나 『개성지상주의』는 해괴한 책이 아닙니다. 그저 관상술에 얽매이지 말고 실력과 개성으로 승부해라, 그런 내용을 담은 책으로 압니다. 그리고 제가 빈궁마마를 해하려 했다니요. 저는 절대로 그런 사실이 없습니다."

그러자 턱수염이 허옇고 몸이 퉁퉁한 대신이 체리에게 다가왔다.

"대역죄인 주제에 어찌 저하께 따박따박 말대꾸를 하는가? 『개성지상주의』에 금서 조치가 내려지고, 효림 대군도 역모죄로 하옥되었다! 죄인이 빈궁마마를 단장시켜 드리고 간 후 빈궁마마의 옥체가 크게 상하셨거늘, 그것 역시 빼도 박도 못 할 역모다! 그뿐인가? 네가 운영하던 조선가인살롱인가 하는 요상한 곳에서 화장을 받거나 화장품을 사 간 여인네들한테서 괴질이 무더기로 발생했다. 이런데도 죄가 없어?"

체리는 가슴이 철렁 내려앉았다.

'효림 대군도 역모죄로 하옥됐다고? 누군가 우리를 역모로 엮어서 없애 버리려 하고 있구나. 아, 사극에서나 봤던 일이 내게 벌어지다니. 이제 우리는 어떻게 되는 거지?'

세자가 다시 체리를 향해 말했다.

"먼저 세자빈 일부터 묻겠노라. 세자빈한테 쓴 백분에 납과 진주 가루가 치사량으로 들어갔고, 연지에도 주사*를 듬뿍 넣은 것으로 조사됐다. 세자빈을 해하려 한 까닭이 무엇인가? 정인인 효림 대군의 세자위 복위를 도모했음인가?"

* 주사(朱沙) : 진한 붉은색을 띠고 빛이 나는 수은 성분의 광물.

체리는 입 안이 바짝바짝 타들어 갔다. 하지만 죄도 없이 누명을 쓸 수는 없기에, 고개를 저으며 울부짖었다.

"저하, 맹세코 저는 빈궁마마께 쓴 백분과 연지에 납이나 주사를 넣은 적이 없사옵니다. 또 백분에는 진주 가루를 조금 넣었을지언정, 그 해독을 알기에 아주 적은 양만 넣었을 뿐입니다. 저희 조선가인살롱에서 만든 화장품들도 모두 인체에 무해한 안전한 제품이옵니다. 제 결백을 믿어 주소서."

세자가 손으로 탁자를 탕 치며 노한 목소리로 말했다.

"순순히 털어놓으면 봐주려 했건만 어찌 발뺌만 하는가! 죄인이 세자빈에게 화장을 해 주고 간 다음 뺨은 새파래지고 입술이며 눈썹이 다 부르텄다. 분이며 연지며 미묵이며 다 죄인이 만든 것이라던데, 그럼 납이며 주사는 도깨비가 넣었단 말인가?"

'아, 이러다 모진 고문을 받고 개죽음을 당하는 거 아냐? 조선 시대로 타임 슬립한 것도 억울한데 이렇게 죽을 순 없어. 결백을 주장해야 해.'

공포가 밀려와 무서웠지만 체리는 있는 힘을 다해 소리쳤다.

"저하, 목에 칼이 들어와도 저는 결백합니다! 저는 결단코 빈궁마마를 해하려 한 일이 없고, 유해한 화장품을 만든 적도 없사옵니다!"

"또 발뺌인가! 그럼 그 해괴한 성형 화장술이니 반윤곽 화장술이니 개성미 화장술이니 하는 걸로 여인들의 마음을 교란시켰음은 인정하겠지?"

"그것 역시 모함이고 누명이옵니다. 공주마마를 비롯해 외모 검불락수로 힘들어하던 여인들이 오히려 제 화장술 덕분에 새로이 태어났습니다."

세자는 머리가 아픈 듯 이마를 짚더니 말을 이었다.

"죄인이 진정 결백하다면 사흘 안에 증명해 보이거라. 나머지 두 죄인의 추국은 대신들에게 맡기겠소."

세자가 자리에서 일어나자 아까 그 대신이 다시 앞으로 나섰다.

"저하, 그냥 가시면 아니 되옵니다. 이 자리에서 자백을 받아 내셔야 하옵니다."

세자가 짜증스러운 목소리로 대꾸했다.

"병판 대감, 어찌 그리 서두르시오? 대역죄인일수록 확실한 증거를 모아 뒤탈이 없게 해야 함을 모르시오? 더구나 이 일은 빈궁에게만 해당되는 일이 아니잖소? 시간이 걸리더라도 신중한 처리가 필요하오."

"하오나, 추국을 빨리 끝내야 하는지라."

"추국을 어찌 하루 만에 끝내겠소? 일단 죄인에게 사흘 말미를 주시오. 그리고 보다 확실한 역모의 증거를 찾아내도록 하시오. 그 다음에 다시 추국할 터이니!"

이러고서 세자는 돌아갔지만 오만 걱정에 체리는 숨쉬기조차 힘들었다.

'역모죄라니, 민심교란죄라니. 이미 옥에 갇혔는데 사흘 안에 무슨 수로 결백을 증명할까? 효림 대군도 하옥됐다는데 괜찮은 걸까?'

그런데 아까부터 병판 대감으로 불린 대신이 자신을 쏘아보고 있는 게 느껴졌다.

'병판 대감? 많이 들어 봤는데…… 누구지?'

순간 머릿속에 소향의 이름이 떠올랐다.

'아, 민소향 아버지? 그렇다면 이 일도 저 대감이 꾸민 수작인가?'

헤어날 수 없는 깊은 수렁에 빠진 듯한 불길한 예감이 체리의 온몸을 휘감았다.

* * *

사흘이 지나 체리는 다시 추국장으로 불려 나갔다. 연화와 장나인은 없고 달랑 혼자뿐이었다. 혹시라도 두 사람을 볼 수 있지 않을까 했는데 모습이 보이지 않으니 한걱정이 되었다.

'연화랑 항아님은 어떻게 된 거지? 신문이 끝났나? 험한 일이라도 당한 건 아닐까?'

절대로 그런 일이 있으면 안 된다 싶으면서도 돌덩이가 들어찬 듯 가슴이 무거웠다.

잠시 후 병조 판서를 대동하고 온 세자가 두 번째 추국을 시작했다.

"사흘 전에 말한 대로, 죄인은 결백을 스스로 증명하라."

하옥된 처지에 대체 무엇을 할 수 있었으랴. 체리는 사실 그대로 대답할 수밖에 없었다.

"저하, 이미 옥에 갇힌 몸이라 결백을 증명할 수 있는 것을 찾을 수는 없었습니다. 하지만 저는 하늘에 맹세코, 역모를 꾀한 적이 없습니다. 믿어 주시옵소서."

세자가 코웃음을 쳤다.

"허 참, 증명도 못 하면서 믿어 달라니. 어찌 효림 대군과 똑같은 말을 하는가! 효림은 『개성지상주의』인가 뭔가 하는 서책에 임금의 상이 아니라는 이유로 세자위를 뺏겨 억울하다고 써 놓고서 절대 그런 적이 없다고 발뺌을 하더니……."

세자 옆에 시립해 있던 병조 판서가 분개한 어투로 말을 보탰다.

"세자 저하, 어디 그뿐입니까. 빈궁마마 삼간택 과정에서 빚어진 영의정 대감댁 불상사도 사실을 왜곡해서 써 놓지 않았습니까? 그래 놓고 절대 그런 글을 쓴 적이 없다고 믿어 달라니, 삼척동자도 비웃을 일입니다."

'효림 대군이 그런 내용을 썼다고? 아닌데…….'

체리는 세자와 병조 판서의 말을 수긍할 수 없었다. 『개성지상주의』가 세상에 나온 후 체리도 효림에게서 책을 건네받아 몇 날 밤을 꼬박 새워 샅샅이 읽어 보았다. 종이책이라면 내용 불문, 종류 불문하고 담쌓고 살았지만, 관상을 중시하는 조선의 문제를 다룬 『개성지상주의』가 21세기 대한민국의 외모지상주의를 떠올리게 해 나름 흥미로웠기 때문이다.

체리는 세자를 똑바로 쳐다보며 또박또박 반박했다.

"세자 저하, 뭔가 잘못 알고 계신 듯합니다. 저도 그 책을 읽어보았지만 절대로 그런 내용은 없었습니다. 대군마마께서는 그런 내용을 절대로 그 서책에 쓰지 않으셨습니다."

체리의 말이 떨어지기도 전에 세자가 벌떡 일어나 격노한 목소리로 소리쳤다.

"정인이라고 무조건 두둔하는 겐가? 그런 내용이 적혀 있는 걸 내 두 눈으로 똑똑히 봤거늘 어찌 못 봤다고 하느냐? 대역죄인 주제에 발칙하기가 하늘을 찌르는구나!"

그러자 병조 판서가 허리를 반으로 접은 채 세자를 진정시켰다.

"저하! 고정하시옵소서. 대노하시다가 옥체 상하실까 저어되옵니다. 죄인의 추국은 이만 소신에게 맡기심이 어떠실지요. 주야장천 결백만 주장하는 죄인과 계속 마주하시다가는 저하의 심기만 불편해지실 것 같사옵니다. 소신이 죄인을 집중 추국하여 자백을 받아 내도록 하겠나이다."

세자가 못 이긴 척 병조 판서의 말을 받았다.

"하면 나는 이만 물러가겠소. 다만 집중 추국은 하되 고문을 하거나 섣부른 짓은 절대 하지 마시오. 죄인들이 계속 발뺌을 하고 있기에 확실한 증거를 잡아내는 것이 중요하오."

"예, 분부 받잡겠습니다."

곧 세자가 추국장을 떠나고 병조 판서의 신문이 시작됐다. 체리는 반박하는 것 말고는 아무것도 할 수 있는 게 없었다. 병조 판서의 주장을 듣는 족족 '그건 사실이 아니다' '하늘에 맹세코 그런 적이 없다'는 말만 되풀이했을 뿐. 그러자 약이 바짝 오른 얼굴로 병조판서가 다가오더니 손가락으로 체리의 턱을 추켜올린 채 말했다.

"거참, 독한 년이로고. 끝까지 자백을 못 하겠다 이거지? 그래 봤자 소용없어. 결국엔 네년 스스로 역모를 인정할 수밖에 없을 테니까. 장 나인이 이미 다 불었거든."

체리는 고개를 획 돌려 병조 판서의 손가락을 물리치고는 그를 똑바로 쏘아보며 말했다.

"그게 무슨 말씀이오?"

"뭐긴, 빈궁마마한테 사용한 백분하고 연지에 네년이 납과 진주 가루, 주사를 듬뿍 들이붓는 걸 봤다고 장 나인이 불었다고. 빼도 박도 못 하는 증언이 나왔으니 이제 네년은 곧 사약을 받을 게야. 효림 대군은 제주도에서 죽을 때까지 귀양살이를 할 테고."

"장 나인이 거짓 증언을 할 리가 없어요. 대체 무슨 짓을 한 거예요!"

"무슨 짓은……. 장 나인이 사실을 꽁꽁 숨겼다가 도저히 안 되겠으니 그대로 자백한 것뿐이지. 아무튼 저하께서 네년한테 고문

같은 건 하면 안 된다 하시니 오늘 신문은 이걸로 끝내겠다. 그렇지만 네년도 결국엔 장 나인 꼴 날 테니 각오를 단단히 하는 게 좋을 게야."

병조 판서가 제멋대로 이죽거리더니 주위에 대고 소리쳤다.

"여봐라! 대역죄인을 다시 하옥시켜라!"

그 말이 떨어지기 무섭게 포졸들이 달려들었다. 체리는 포졸들에게 양손을 잡힌 채 다시 질질 끌려갔다.

큰칼 쓰고 옥에 갇혀

손바닥만 한 들창으로 여름을 재촉하는 밤비 소리가 들려왔다. 사방은 깜깜하고 옥지기가 지키고 있는 복도 끝에서만 희미한 불빛이 비칠 뿐이었다. 체리는 여전히 옥사 독방에 갇혀 큰칼을 쓴 채 생각에 잠겨 있었다.

'사약을 받게 될 거라니. 그럼 21세기로 못 돌아가고, 엄마 아빠도 다시는 못 보고 여기서 죽는 건가? 내가 뭔 잘못을 했다고 이런 일을 겪나. 전생에 대역죄를 저질렀나.'

가슴이 울컥하며 눈시울이 뜨거워졌다. 그동안 너무 어리석었다는 후회도 들었다.

'내가 너무 방심했어. 미션 완수만 하면 21세기로 돌아갈 테고 어차피 조선은 잠시 머무르는 곳이라 생각했던 게 함정이야.'

무엇보다도 효림 대군과 커플이 됐기 때문에 이런 누명을 뒤집어쓴 거라는 생각이 들었다. 언제든 역모의 누명을 쓸 수 있는 위험인물 1호가 효림 대군이라는 걸 왜 몰랐을까. 그렇다고 이런 고난에 빠지게 했대서 효림이 원망스럽지는 않았다. 오히려 걱정이 되면 되었지.

'제주도로 귀양을 간다던데 어쩜 좋아. 이제 못 보는 건가.'

그러고 보니 효림이 손가락에 끼워 줬던 은파란 반지도 사라지고 없었다. 옥사로 잡혀 왔을 때 압수당한 게 분명했다.

체리는 어서 누명을 벗고 감옥에서 살아 나가 효림을 다시 만나고 싶었다. 은파란 반지를 나란히 끼고 손을 잡고 광통교를 걷고 싶었다. 하지만 그것은 헛된 바람이었다.

'지금 난 할 수 있는 게 아무것도 없잖아. 큰칼 차고 옥에 갇힌 처지에 어떻게 결백을 밝히고 누명을 벗을까. 더구나 장 나인이 거짓 증언까지 했으니.'

상처와 핏자국으로 얼룩진 얼굴 위로 눈물이 주르르 흘렀다.

그래도 체리는 약해지지 않으려 애썼다. 아무것도 할 수 없다면 기도라도 해야겠다고 생각했다. 그래서 엄마 아빠에게, 친구들에게, 부처님, 예수님, 천지신명님에게 구해 달라며 기도하고 또 기도했다.

그러나 지쳐 꾸벅꾸벅 졸고 있을 때였다. 갑자기 복도에서 인기척이 들리더니 검은 복면을 쓴 자가 불쑥 나타났다. 체리가 깜짝 놀라자 검은 복면은 쉿, 하면서 입 가리는 시늉을 했다. 그러고는 다급히 옥문을 열고 들어와 큰칼을 벗겨 낸 후 체리의 손을 잡아 끌었다.

"누구시오?"

체리가 놀라 묻자 검은 복면이 낮은 소리로 말했다.

"진무요. 대군마마께서 하옥되시기 전, 강 규수를 꼭 탈옥시키라고 내게 명하셨소. 어서 여기를 나갑시다."

체리와 진무는 독방을 급히 빠져나왔다. 복도 끝 옥문을 지키는 옥지기는 진무한테 당한 듯 가슴께가 피로 물든 채 고개를 푹 꺾고 있었다.

둘은 복도와 뒷마당을 지나 담장 쪽으로 갔다.

"내가 위로 올려 줄 테니 담장을 훌떡 뛰어넘으시오."

진무가 말하는 순간, 갑자기 횃불을 든 옥졸들이 우르르 달려나오며 소리쳤다.

"거기 서랏!"

체리는 진무의 등 뒤로 바짝 붙었고, 진무와 옥졸들은 한바탕 몸싸움을 벌였다. 진무는 옥졸 여럿을 순식간에 해치웠지만 계속해서 몰려드는 옥졸들을 혼자 몸으로는 당해 내지 못했다. 결국 체리는 다시 옥에 갇히고 진무도 잡히고 말았다. 옥졸들에게 끌려가면서 진무는 체리에게 급히 말했다.

"미안하오, 일이 이렇게 돼서. 그렇지만 절대로 희망을 잃으시면 아니 되오. 누명을 벗고 곧 다시 만나게 될 것이라고, 대군마마께서 전하라 하셨소."

* * *

탈옥에 실패하면서 체리는 결국 사약을 받아야 하는 신세가 되었다. 그리고 하루하루 사약 받을 날이 가까워 오자 마음도 몸도 점점 여위어 갔다. 효림 대군이 유배를 떠났다는 소식도 들려왔다. 모든 건 절망적이고 한 치 앞이 보이지 않았다.

그래도 체리는 희망을 잃지 않았다. '초긍정녀'라는 별명답게 긍정적인 성격 덕분이기도 했지만, 그보다는 효림과 진무 덕분이었다. 비록 탈옥은 실패로 끝났지만 진무가 전해 준 '누명을 벗고 곧 다시 만나게 될 것'이라는 효림의 말이 큰 희망을 주었다. 그랬기에 사약을 받을 거라는 이야기에도 체리는 별로 흔들리지 않았다. 누명을 벗고 곧 효림을 다시 만날 거라 믿었기에.

그리고 이윽고 그 희망대로, 그 바람대로 그날이 왔다. 체리와 효림이 누명을 벗고 풀려난 것이다. 전국에 내려진 화장 금지령은 철회되고 조선가인살롱의 폐업 조치도 해제되었다.

이 모든 것은 면회를 온 공주에게 효림이 은밀히 부탁하고 박지평과 의칠공 세원들이 힘을 합한 결과였다. 아버지인 병조 판서가 효림에게 역모죄를 뒤집어씌운 걸 알게 된 소향도 적극적으로

박 지평과 의칠공 계원들을 도왔다.

특히 성균관 유생들이 일제히 들고 일어난 게 조정을 크게 압박했다. 『개성지상주의』의 열혈독자였던 유생들은 효림과 체리에게 씌워진 역모죄와 민심교란죄는 누명이 분명하므로 두 사람을 풀어 달라는 상소를 올렸으나 받아들여지지 않자, 성균관을 비우고 대궐로 몰려가 호곡권당*까지 했다. 『개성지상주의』에 들어 있던 역모 관련 문장이 효림이 쓴 게 아니라 필사쟁이와 방각소 주인이 몰래 집어넣었다는 걸 밝혀낸 것도 그들이었다.

* 호곡권당(號哭捲堂) : 성균관 유생들이 궐 밖에 앉아 곡소리를 내며 하던 시위.

그날은 오는데

초여름인가 했더니, 며칠 새 무더위가 찾아왔다. 산천은 초록으로 물들고, 들녘마다 파란 벼가 바람 따라 물결쳤다. 조선가인살롱 앞마당에도 여름 풍경화가 한가득 펼쳐지기 시작했다. 자미화며 금낭화, 백일홍 같은 꽃들은 벌써부터 자태를 선보였고, 붉은 능소화도 날마다 꽃망울을 팡팡 터뜨렸다.

부엌에서는 성주댁과 연화가 바지런히 음식을 준비하고 있었다. 특별한 손님이 오는 날이기 때문이다. 아까부터 대문을 들락거리던 연화가 다시 바깥을 살피러 나가더니, 금세 들어와 고개를 갸웃했다.

"오실 때가 되었는데, 왜 이리 안 오시나."

체리는 연화가 고맙기 짝이 없었다. 뼛속까지 당찬 무사여서 그런지, 옥살이를 한 데다 장 나인이 자결한 모습까지 지켜봤던 아이치고는 빨리 옛 모습으로 돌아왔기 때문이다. 성주댁도 무척이나 고마웠다. 폐업 조치가 떨어졌음에도 성주댁은 가인살롱을 비우지 않고 이곳을 고이 지키고 있었다. 가슴 아픈 건, 이렇게 모두 옛 모습 그대로 돌아왔건만 장 나인만 세상에 없다는 사실이었다.

나중에 소향에게 들어서 알았지만, 장 나인은 병판 대감에게 매수돼 체리 몰래 화장품에 납과 주사 따위를 넣었다고 한다. 하지만 이 때문에 효림과 체리가 역모죄로 몰리자 옥사를 찾아간 소향에게 사실을 털어놓고 자결을 택했다는 것이다. 물론 이 사실을 박 지평과 성균관 유생들에게 알리면서도, 소향은 차마 장 나인을 매수한 사람이 병판 대감이라는 이야기는 못 했다고 한다. 연모하는 이를 돕고 싶은 마음 한편으로는 자식으로서 아비를 지켜야 할 책무도 있었기 때문이란다. 당연히 체리는 그 사실을 죽을 때까지 비밀에 부칠 거라 소향에게 다짐했다. 아름다운 은인에 대한 최소한의 의리였다.

연화가 안절부절못하는 모습을 보고 체리는 슬쩍 농을 걸었다.

"어째 연화 네가 더 발을 동동거리며 기다리니? 혹시 그이 때문?"

연화가 볼을 발갛게 물들이며 펄쩍 뛰었다.

"어머나, 아기씨! 누가 누굴 기다린다고 그러셔요?"

"뭘 빼고 그래, 우리 사이에. 진무 무사님이랑 너랑 연모하는 사이인 걸 모를 줄 알고?"

"무슨 소리셔요! 아녀요, 절대!"

"아니긴 뭐가 아냐. 너랑 진무 무사님 환상의 짝꿍이더만!"

"아잉, 아니라고요, 아기씨!"

연화와 이렇게 한참 실랑이를 하고 있는데 효림 대군이 대문 안으로 쑥 들어섰다.

"체리 낭자!"

"대군마마!"

체리는 버선발로 뛰어 내려갔다. 효림이 유배 길에서 돌아오면 최대한 차분하고 침착하게 맞이하겠노라 마음먹었건만 그를 보자마자 저도 모르게 용수철처럼 툭 튀어나간 것이다. 효림도 체리를 향해 두 팔을 활짝 벌렸다. 그렇게 둘은 가인살롱 앞뜰 한가운데서 서로를 꼭 끌어안은 채 한참을 서 있었다. 은파란 반지를 다시금 나란히 손가락에 낀 채. 진무와 연화, 성주댁이 지켜보는 것도 까맣게 잊은 채.

잠시 후, 체리를 안았던 팔을 풀고 효림이 먼저 입을 열었다.

"얼마나 고생이 많았소. 나 때문에……."

체리는 눈을 살며시 흘기며 대꾸했다.

"알긴 아나 보네. 그래도 괜찮아요. 이렇게 다시 만났으니……."

＊＊＊

며칠 후, 조선가인살롱의 담벼락에는 예전보다 훨씬 더 빽빽한 일정표가 붙었다. 체리와 효림이 옥고를 치르기 전보다 가인살롱이 몇 배는 더 유명해져 이전보다 훨씬 더 분주해진 것이다.

장 나인이 없는 탓에 체리는 연화를 조수로 삼았다. 그동안 어깨너머로 익히고 배운 화장술과 화장품 만드는 법에 나름 정통했을뿐더러, 앞으로는 무사 일 말고 화장 관련 일을 하고 싶어 했기 때문이다.

한편 『개성지상주의』 방각본은 재쇄에 재쇄를 끝없이 거듭했고, 수없이 많은 필사본 또한 방방곡곡에 흘러들었다. 게다가 독자들의 열화와 같은 요청에 따라 효림은 『개성지상주의』 속편 집필에 들어갔다. 서책 제목은 아직 미정이었다.

그뿐만이 아니었다. 『개성지상주의』는 청나라까지 건너가 그곳에서도 최고 인기 서책이 되었다. 청나라 지식남녀치고 『개성지상주의』 한문 번역본을 읽지 않은 이가 없을 정도라 했다.

덕분에 효림 대군은 비록 세자위는 이복 아우에게 빼앗겼지만, 조선 최고의 인기 작가로서 백성들의 생각을 좌지우지하는 자리에 오르게 되었다. 그리고 또 하나 기쁜 일이 있었으니, 바로 효림과 체리가 한양 최고의 커플로 만백성의 사랑을 받게 된 것이다.

그러던 어느 날, 대비가 효림과 체리를 대비전으로 불렀다.

"어서들 오세요. 진작 부르려 했는데, 대군도 강 규수도 바쁜 것 같기에 좀 미루다 보니 이제야 얼굴을 보는구려."

대비가 온화한 얼굴로 말했다.

"예, 할마마마. 무슨 일로 찾으셨는지요?"

효림의 물음에 대비가 본론을 털어놓았다.

"일전에도 말했지만 이미 대군의 혼기가 지나지 않았소? 해서, 길일을 잡아 둘의 가례를 올릴까 하네만."

효림이 입가에 환한 미소를 머금은 채 되물었다.

"할마마마, 어찌 마음을 돌리셨사옵니까?"

"마음을 돌리다니! 내 진작부터 강 규수를 대군의 배필로 점찍어 놓았고만."

"아, 그러셨습니까. 할마마마, 고맙습니다."

"그래서 말인데, 원래대로라면 대군의 가례도 금혼령을 내리고 간택 과정도 거쳐야 하지만, 그럴 필요가 있겠소? 만백성이 다 아는 두 사람이거늘……. 대군은 어찌 생각하시오?"

"소손*도 그리 생각하옵니다. 아무리 왕실 가례 절차가 중요하다 해도 소손의 가례를 절차대로 치른다면 오히려 백성들이 의아해할 것이옵니다."

"그렇지요? 하면 날짜는 언제로 하면 좋겠소?"

"당장이라도 하고 싶습니다만…… 여러 준비도 해야 할 터이고, 지금은 한여름이니 초가을이 어떨지요?"

"호호, 그럽시다. 초가을쯤으로 길일을 잡아 보지요. 강 규수 생

* 소손(小孫): 손자가 조부모에게 자신을 낮추어 가리키는 말.

각은 어떠신가? 우리 대군과 짝이 된다 하니 기쁘신가?"

체리는 당황스러웠다. 가례 얘기를 듣고부터 기쁨보다 걱정이 앞섰기 때문이다. 얼마 안 있으면 21세기로 돌아가야 하는 몸인데 어찌 가례를 올리리? 그렇지만 지금 사실을 밝힐 수도 없고, '노'라고 할 수도 없으니 일단 그렇다고 할 수밖에.

"예, 대비마마. 하해와 같은 은혜에 감읍할 따름이옵니다."

대비가 흡족한 듯 빙그레 웃었다.

"그래? 허면 마음의 준비나 잘하고 있으시게나. 나머지는 궐에서 알아서 할 터이니."

"예, 대비마마. 잘 알겠습니다."

체리는 공손히 고개를 조아렸다. 하지만 돌덩이가 들어찬 듯 가슴이 콱 막혀 오며 고민이 엄습했다.

'일이 너무 커졌잖아! 난 이제 겨우 열여섯, 꽃선비를 좋아하긴 해도 조선에서 결혼할 생각까지는 안 해 봤다고요!'

계절은 어느새 초여름, 유월 하순으로 접어들고 있었다. 칠월칠석, 그날이 바짝 다가오고 있었다.

머물까, 돌아갈까?

며칠 동안 체리는 완전히 녹다운 상태였다. 칠석날은 다가오고 미션은 다 완수한 것 같은데, 21세기로 돌아가야 하나 말아야 하나 너무 고민스러웠기 때문이다.

효림 대군만 아니라면 그렇게까지 고민할 것도 없었다. 공주와 연화, 성주댁하고도 정이 듬뿍 들었고 조선을 떠나는 것도 아쉽기는 하지만, 그래도 큰 고민 없이 21세기행을 택할 것이다. 하지만 효림만큼은 너무너무 마음에 걸렸다. 조선에 온 기념으로 조선 왕자와 썸 한번 타 보자며 가볍게 시작한 것이 첫사랑이 되었고, 심지어 가례 얘기까지 오가게 됐으니…….

'나 혼자 21세기로 돌아가야 하나? 효림 대군은 내가 21세기에서 온 것도 돌아가려고 하는 것도 모르는데? 간다면 아무 말 없이

가야 하나, 톡 털어놓고 가야 하나? 말없이 내가 떠난다면 얼마나 큰 충격을 받을까.'

어떻게 해야 할지 도무지 갈피가 잡히지 않았다. 한편으로는 21세기로 돌아가고 싶지 않기도 했다. 그냥 효림 대군이랑 조선에서 알콩달콩 살면 안 될까 싶기도 하고, 조선가인살롱에서 열심히 일하면서 살면 안 되나 싶기도 했다.

도저히 혼자서는 고민을 해결할 수 없어 체리는 성수청으로 도무녀를 찾아갔다. 일 년 전 조선 시대로 떨어진 날 이후 한 번도 만나지 못한 도무녀였다.

"올 때가 됐지 싶어 기다리고 있었다. 근데 얼굴이 왜 그리 해쓱한고?"

일 년 전 처음 만났던 때와 마찬가지로 도무녀는 꽤나 근엄한 모습으로 체리를 맞이했다. 화이트 마니아 같은 이상한 옷차림, 나이를 가늠할 수 없는 얼굴과 형형한 눈빛, 독특한 오라가 풍기는 목소리, 모든 것이 그대로인 채로.

신통력이 있는 도무녀는 이미 다 알고 있겠지만 체리는 사실대로 말했다.

"예, 고민이 많아 먹지도 못하고, 잠도 못 잤더니……."

"무슨 고민? 미래국으로 못 돌아갈까 봐 그러느냐? 그거라면 여기서 결론을 내자꾸나. 자, 몇 가지 물어볼 테니 생각하는 바를 말하거라. 그럼 칠석날에 미래국으로 돌아갈 수 있는지 아닌지 알려

주마."

'아니, 이건 또 무슨 상황? 내 미션, 이미 성공리에 끝난 거 아닌가?'

체리는 당황스러워 되물었다.

"예? 임무 끝난 거 아닌지요? 공주마마도 다 나으시고 해서 저는 임무를 완수했다고 생각했는데요."

"열 중에 아홉은 마쳤다. 하지만 나머지 하나를 마저 마쳐야 완수가 되지. 묻겠노라. 너는 네 임무가 뭐였다고 생각하느냐?"

도무녀의 말은 알쏭달쏭했지만, 체리는 또박또박 대답했다.

"예, 저는 '공주마마 가인 만들기'라고 생각했습니다. 외모에 대한 열등감으로 자결까지 하려 하셨고 말도 잃으셨잖아요. 그래서 공주마마를 몸과 마음이 모두 아름다운 가인으로 만들어 드리는 게 제 임무라고 판단했습니다."

"음, 어느 정도는 맞혔구나. 그래, 그동안 공주마마를 낫게 해 드리느라 고생했다. 네 덕분에 공주마마가 자존감 높은 개성미인이 되셨지. 그런데 그게 네 임무의 전부는 아니었느니라."

"예? 정말이요?"

"그래, 이제부터 묻는 말에 잘 대답하거라. 네가 미래국으로 돌아갈 수 있느냐 마느냐가 달렸으니……. 너는 공주마마를 보살펴 드리는 과정에서 무얼 얻고 느꼈느냐?"

'헐, 나 별로 얻고 느낀 거 없는데. 그저 얼른 임무를 찾아내고 완

수해서 대한민국으로 돌아가는 것만이 목표였는데. 질문 포인트가 뭐지?'

그런데 순간, 특급 힌트처럼 할머니가 생전에 틈만 나면 하시던 말씀이 떠올랐다.

—체리야, 할미 눈엔 조선 천지에 너만 한 인물이 없다. 근데 넌 왜 네가 고운 줄을 모르느냐? 스스로 잘났다 생각하면 잘난이가 되는 거고, 못났다 생각하면 못난이가 되느니라. 그리고 공부를 잘 못한대도 아무 걱정 마라. 사람은 다 한 가지 능력은 타고나는 법. 스스로 못 찾아내서 그렇지. 너도 네가 좋아하고 잘할 수 있는 일을 부단히 찾아보거라. 찾는 자에게 길이 열리나니.

일제강점기 때 태어난 할머니는 '대한민국'이라는 멀쩡한 국명 놔두고 꼭 '조선 천지'라 했다. 그리고 손주 21명 중 막내인 체리를 가장 예뻐하셨다. 당신이 낳은 일곱 남매 중 여섯째인 아빠가 느지막이 결혼해 마흔 살에 얻은 게 체리였고, 돌아가시기 전까지 함께 살았으니 그럴 만도 했다. 그런데 체리가 외모 콤플렉스 때문에 성형 수술을 할까 말까 고민도 하고, 맨날 공부는 담쌓고 지내면서 유튜브로 성형 메이크업 채널만 들여다보는 걸 알고는 이렇게 말씀하셨던 것이다.

할머니의 말씀을 떠올리자마자 도무녀의 질문에 대한 대답이 체리의 머릿속에서 스르르 출력됐다.

"아, 공주마마를 보살펴 드리는 동안 제가 깨달은 건 이런 거예요. 사람은 누구나 타고난 개성이 있는데 그 시대마다 정해진 획일화된 기준에 맞춰 평가하다 보면 열등감을 가질 수 있잖아요. 그렇지만 스스로 자존감을 높이고 개성을 살린다면 그런 기준에 연연해하지 않고 즐겁게 살아갈 수 있다, 뭐 이런 것이요. 공주마마도 그러셨으니까요."

"오, 제법이구나. 말솜씨도 청산유수고. 근데 그것뿐이더냐?"

도무녀가 고개를 끄덕끄덕하며 되물었다.

"아뇨, 또 있습니다. 누구나 열심히 노력하면 자기가 좋아하고 잘하는 일을 찾아낼 수 있다는 거, 사람은 누구나 한 가지 능력은 타고난다는 것도 공주마마를 돌봐 드리면서 알게 된 거 같아요."

"그래? 그럼 너는 너 자신을 어떻게 생각하느냐? 앞으로 무얼 하며 살아가야 한다고 생각하느냐?"

여태껏 보고 들었던 것과 달리, 지금 도무녀의 눈빛과 말투는 이상하게 따뜻하고 다정했다. 그 눈빛과 말투에 새삼 용기가 나서 체리는 씩씩하게 대답했다.

"예, 저는 저라는 존재 그 자체만으로도 개성적이고 멋지다고 생각합니다. 그리고 앞으로는 여기 조선에서 갈고닦아 개발한 화장술과 화장품 제조법을 밑천으로 메이크업 아티스트가 될 생각입니다!"

"매이구업 아두수두? 그게 뭐냐? 혹시 매분구 같은 것이냐?"

"예, 매분구나 보염서 나인들처럼 화장품도 만들고 화장술도 연구하고, 화장으로 사람들을 꾸며 주는 사람을 메이크업 아티스트라고 합니다. 여기 조선에서 배우고 연구한 걸 다 『체리장서』에 기록해 놔서 미래국으로 돌아가면 큰 도움이 될 것 같아요."

"체리장서? 그건 또 무엇인고?"

"체리의 화장 책이라는 뜻이고요. 제가 여기서 화장에 대해 배우고 익히고 개발한 내용을 기록해 놓은 거예요. 제가 원래 뭘 기록하는 걸 좋아하거든요."

도무녀가 호탕하게 웃으며 손뼉을 쳤다.

"오호! 훌륭하구나. 조선과 미래국의 화장술을 합치면 너는 훌륭한 매이구업 아두수두가 될 수 있을 게다. 그래, 바로 그거였다. 넌 나머지 1할의 임무도 정확히 완수했다. 좋다! 내일모레 칠석날에 미래국으로 돌아갈 수 있느니라!"

체리는 기쁘고 홀가분한 한편 얼떨떨했다.

'그럼 나의 정확한 미션이 무엇이었지?'

그 마음을 읽은 듯 도무녀가 말했다.

"이제 말해 주건대, 네 임무는 공주를 낫게 하는 동시에 너 스스로의 자존감과 정체성을 찾는 것이었다. 아픈 공주를 치유시키되 그 과정에서 너 스스로도 너만의 개성과 능력이 있음을 깨달아 자존감을 높이고, 너만의 일을 찾는 것이었다."

"그런 거였어요? 저는 공주마마를 낫게 하려고 저를 조선으로 부른 거라 생각했는데요."

"원래는 그랬다. 공주의 병을 낫게 할 적격자가 조선에는 없어 미래국에서 찾던 중 너를 알게 됐으니까. 그런데 태어난 시대만 다를 뿐 너도 공주처럼 외모 검불락수가 조금 있더구나. 공주와 다른 점은 스스로 성형 화장술을 배워 친구들한테도 해 주고, 자존감 훈련도 하면서 그걸 극복하려 애쓰고 있다는 것이었고. 뭣보다도 매사 긍정적인 데다 씩씩하고……. 그래서 너를 조선으로 데리고 온 게다. 마침 네 별명이 미래국에서 '조선 미녀'라 하니 이 조선 시대에 딱 어울릴 것 같기도 했지. 그런데 공주뿐 아니라 나는 너도 좀 바꿔 주고 싶었다. 너도 외모 검불락수가 조금은 남아 있고, 자존감도 완전히 높지는 않았으니까. 너 자신의 정체성도 덜 확립되었고."

'그럼 내가 유튜브로 성형 메이크업을 배우고, 엄마 등쌀에 자존감 향상 캠프에 다닌 걸 다 알고 소환했다는 말씀? 친구들 메이크업 상담도 해 주고, 촌발 날리는 얼굴 때문에 '조선 미녀'라는 별명으로 불리는 것도 알고 있고?'

체리는 소스라치게 놀라 물었다.

"조선에 계시면서 저를 어찌 그리 환히 꿰뚫고 계셨습니까? 허블 망원경이라도 있으세요?"

"허블 망원경? 우주를 비춰 보는 거울 말이냐? 그런 거 난 필요 없다. 내가 명색이 성수청 도무녀 아니냐? 눈만 질끈 감아도 조선에 앉아서 미래국을 훤히 다 볼 수 있지."

'아, 맞지. 이 여인은 신통력 넘치는 도무녀였지.'

체리는 이제야 이해가 됐다. 21세기로 돌아갈 수 있다니 일단은 그것도 마음이 놓였다. 혹시 미션을 잘못 찾아낸 건 아닌가, 미션을 덜 완수한 건 아닌가 하는 걱정도 했었으니까. 하지만 그것도 잠시, 다시 마음이 무거워졌다. 당연히 21세기로 돌아가야 한다고 생각하면서도 효림 대군과 헤어져야 한다는 안타까움 때문이었다.

그 속내를 꿰뚫은 듯 도무녀가 체리의 얼굴을 들여다보며 물었다.

"왜 표정이 어두운 게냐? 미래국으로 돌아갈 수 있다고 하면 덩실덩실 춤이라도 출 줄 알았는데? 혹시 미래국으로 돌아가고 싶지 않은 게냐?"

"아, 아니, 그건 아니고요, 생각할 게 있어서요."

"조선에 정이 들었구나? 그럴 만도 하지. 남고 싶으면 남아도 된다. 어차피 조선가인살롱은 네 것이니, 거기서 여태 하던 그대로 지내면 된다. 둘 중 선택하거라."

"사실은, 저도 제 마음을 모르겠습니다. 돌아가고 싶지만 남고 싶기도 하고."

"그리 갈팡질팡하면 어쩌느냐. 칠석날이 코앞인데. 만약 그날 안 돌아가면 너는 영영 조선에서 살아야 하느니라. 잘 생각하거라."

"헉! 칠석날 안 돌아가면 영영 조선에서 살아야 한다고요? 좀 더 생각할 시간을 주실 순 없으세요?"

체리가 소리치자 도무녀가 미소 띤 얼굴로 말했다.

“네가 지금 그리 갈팡질팡하는 게 대군마마 때문이지? 대군마마를 두고 미래국으로 돌아갈 것이냐, 아니면 대군마마와 함께 조선에서 살 것이냐, 그것 때문에 아프고 해쓱해진 것이지?”

순간 체리는 깜짝 놀라고 말았다.

‘어? 할머니?’

도무녀의 얼굴에 할머니의 얼굴이 딱 겹쳐졌다. 그랬다. 도무녀는 돌아가신 할머니와 도플갱어처럼 닮은꼴이었다. 살아생전 그렇게도 체리를 예뻐했고 조선 천지에 너만 한 인물이 없다며 체리를 추켜세웠던 할머니, 그리고 체리가 잘하고 좋아하는 일을 찾기를 간절히 바랐던 할머니와…….

은파란 반지를 낀……

칠석 전날 밤, 부슬부슬 내리는 빗소리를 들으며 체리는 마음을 굳혔다. 21세기 대한민국으로 돌아가기로, 엄마 아빠와 친구들이 있는 그곳으로 가기로. 그러면서 스스로를 토닥토닥 다독거렸다.

'도무녀님 말을 믿자. 21세기로 돌아가더라도 우린 계속 만날 수 있다고 하셨으니……. 나를 조선으로 데려온 도무녀님이고 할머니를 닮은 분이니, 그분 말을 믿을 거야. 도무녀님 말대로 효림 대군을 설득해 볼 거야.'

그래서 간밤에 체리는 슬퍼하지 않고 21세기로 돌아갈 준비를 하나하나 차근차근 했다. 우선 그동안 써 왔던 『체리장서』를 마지막으로 잘 정리했다. '누가 알아? 내가 조선의 전통 화장술과 현대 화장술을 융합시킨 한국 최고, 나아가 세계 최고의 메이크업 아티스트가 될지?' 이런 생각을 하면서.

공주와 연화, 성주댁에게 줄 편지도 한 통씩 정성 들여 써 놓았다. 자신이 떠난 후 당황스러워할 그들에게 대한민국 대표 소녀로서 따뜻한 몇 마디쯤 남기고 싶었다.

그중에서도 가장 많은 시간을 들인 건 효림 대군과의 '작별 아닌 작별' 연습이었다. 효림에게 할 말을 면경을 보며 몇 번이고 연습하느라 밤을 꼬박 새웠으니까.

칠석날 아침에는 다행히 날이 맑게 갰다. 일찌감치 아침을 먹고 매무새를 매만진 후 체리는 가인살롱 안팎을 한 바퀴 돌아보았다. 다시 올 수 없는 곳이기에, 사진으로 찍어 둘 수도 없기에, 가슴에 새기듯 두 눈에 그 하나하나를 고이고이 담았다.

먼저 대문 밖부터 나가 보았다. 간밤에 비가 와서인지 인왕산 기슭엔 뽀얀 물안개가 피어올라 있고, 저만치에 난향당이 보였다. 어디로 가는지도 모르는 채 첫발을 내디뎠던 그곳, 조선에 적응하지 못해 힘들어하면서도 임무를 찾아 나아갔던 난향당에서의 날들이 영화처럼 머릿속을 스쳐 지나갔다.

대문 위도 올려다보았다. 효림 대군의 멋들어진 글씨가 새겨진 '조선가인살롱' 현판이 오늘따라 유난히 번듯해 보였다. 눈시울이 뜨거워지면서 눈물이 핑 돌았다.

그때 연화가 일정표와 풀 그릇을 든 채 대문 밖으로 나왔다.

“아기씨, 뭐 하셔요! 손님들 올 시간이어요. 곧 숙부인 마님들이 오십니다.”

“그래, 준비할게. 근데 오후 일정은 어때? 공주마마 강좌도 있지?”

“예, 공주마마랑 아기씨 강좌가 같은 시간에 열립니다. 근데 아기씨, 긴장하셔야겠어요. 공주마마 강좌 늘려 달라는 요청이 빗발친답니다.”

“긴장은 무슨, 공주마마 강좌가 인기면 나도 좋지. 공주마마님도 재미있어하시니 얼마나 좋니?”

체리의 말에 연화가 머리를 긁적였다.

“하긴요. 얼떨결에 시작하신 건데 공주마마께서 아주 재미를 붙이신 것 같아요. 저도 오며가며 들어 봤는데 진짜 재미나게 잘하셔요. 인기 있을 수밖에 없어요.”

공주의 강좌가 뭔가 하면, 체리가 잠시 앓아누워 있을 때 체리의 강좌를 땜빵할 겸 시작한 ‘효연 공주의 개성만점 화장술’ 강좌였다. 지체 높은 공주가 직접 강의를 해서이기도 하지만 강의 자체가 워낙 재미있고 좋아서 강좌를 듣겠다는 여인네들이 쇄도했다.

‘잘됐지, 뭐. 내가 떠나더라도 공주도 있고, 연화도 있으니 조선 가인살롱이 문 닫을 일은 없잖아.

아쉬움이 없지는 않았지만 그래도 체리의 마음속엔 기쁨과 흐뭇함이 더 컸다.

* * *

저녁이 되면서 다시 비가 내리기 시작했다. 체리는 효림 대군이 오자 그동안의 사정을 털어놓았다. 당연히 효림은 믿지 않고 눈을 둥그렇게 떴다.

"21세기? 미래국? 대한민국? 돌아가야 한다니 그게 무슨 말이오? 날 놀리는 건가?"

그 눈빛을 피하지 않고 체리는 차분히 대답했다.

"이해가 안 되실 거여요. 나도 조선에 떨어졌을 때 그랬으니까요. 그렇지만 21세기에서 온 사람이라는 건 명백한 진실입니다."

"말이 안 되오. 이백 년 후의 세상에서 왔다니, 대한민국이라니……. 우리가 이렇게 같은 공간에 있는데 이백 년이라는 시간을 뛰어넘어 어찌 함께 있을 수 있소?"

"믿을 수 없겠지만 믿으셔야 해요. 지난날을 한번 뒤돌아보세요. 나한테 이상했던 점들이 있었을 거예요. 말실수도 많이 했으니……."

"말실수? 혹시, 외모 검불락수, 미선, 이런 거? 신조어니 뭐니 했지만 좀 이상하다는 생각은 했는데."

"맞아요. '검불락수'는 원래 21세기에서 쓰는 컴플렉스라는 서양 말인데, 열등감이라는 뜻이에요. '미선'은 원래 '미션'인데 임무를 뜻하고요. 한강 뱃놀이 갔을 때 읊은 시도 내가 지은 게 아니어요. 김소월 시인이라고, 대한민국 사람들이 가장 사랑하는 시인의 시이지요. 갑자기 시를 읊으라니 당황스러워서 그 시가 떠올랐어요. 실망은 마셔요."

"실망이라니 당치 않소. 좋은 시를 알게 돼 고맙지. 근데 정녕 그대가 미래국에서 온 낭자요? 그래, 미래국에서 왔다 칩시다. 그래도 난 못 보내오. 낭자 없는 삶은 생각할 수조차 없소. 우리, 가례도 올리기로 했는데……. 가지 마오. 가지 말고 나하고 조선에서 살아요."

효림의 눈에서 눈물이 굴러떨어졌다. 체리도 눈시울이 뜨거워졌다.

"나도 대군마마를 두고 가고 싶지 않아요. 제 첫사랑이니까요. 하지만 대한민국은 내가 태어난 곳이고, 16년이나 산 곳이고, 엄마 아빠와 친구들도 있는 곳이에요. 가야 해요."

"가고 싶지 않다면서 가야 한다는 말은 뭐요? 앞뒤가 안 맞잖소? 우리 연모의 증표는 또 어떡하고? 안 되오, 못 보내오. 낭자와 헤어질 수 없소."

서로의 손가락에 끼워진 은파란 반지를 가리키며 효림이 울먹거렸다.

체리는 가만히 일어나 책상 서랍에서 작고 네모난 초록색 셰이딩 케이스를 꺼냈다. 엊그제 도무녀에게서 돌려받은 것이었다.

"그 말씀 진심이세요? 정말 나하고 안 헤어지고 싶으세요?"

체리가 묻자 효림이 눈물로 어룽진 얼굴을 끄덕거렸다.

"그렇소. 언제까지나 그대와 함께하고 싶소."

체리는 가슴이 뭉클하며 눈물이 나올 것 같았다. 효림과 헤어지지 않고 영영 같이 있고 싶었는데 서로 같은 마음이었다니!

"그럼 이렇게 해요. 우리 서로 원한다면 도무녀님이 일러 주신 방법대로 하면 된답니다."

"그 방법이 뭔데? 어서 말해 보오."

체리는 셰이딩 케이스를 열어 놓은 채, 도무녀가 한 이야기를 그대로 전했다.

"예, 도무녀님이 이러셨어요. '네가 대군마마와 헤어지고 싶지 않고 대군마마도 그러시다면 방법을 일러 주마. 너와 대군마마는 어차피 시대를 초월해 서로를 연모했으므로 앞으로도 그리하면 되느니라. 네가 조선에 올 때 이 거울을 보면서, 차라리 조선 시대로 가 버렸으면, 이라고 해서 오지 않았느냐? 미래국으로 갈 때도 마찬가지다. 둘이 손을 꼭 잡고 이 거울을 보며 함께 외치거라. 우리 둘, 대한민국으로 같이 가서 계속 사랑할 수 있게 해 주세요! 그러면 함께 갈 수 있을 것이다'라고요."

체리의 얘기를 듣자마자 효림이 비장한 투로 말했다.

"가겠소. 낭자와 함께 가겠소. 그대가 조선에 왔기에 우리가 만났으니, 이젠 내가 미래국 대한민국으로 갈 차례요."

체리는 무척 기뻤다

"정말요? 정말 저를 따라가실 수 있어요?"

"그렇소. 낭자가 있는 곳이라면 어디라도 함께 갈 것이오. 낭자의 손을 놓지 않을 것이오!"

곧 둘은 서로의 손을 잡은 채 셰이딩 거울을 보며 소리쳤다.

"우리 둘, 효림 대군과 강체리! 대한민국으로 함께 가서 계속 사랑할 수 있게 해 주세요!"

* * *

'이 정도면 훌륭해! 얼마나 개성만점 얼굴이야? 그리고 조선 미녀면 어때? 요 삼색 셰이딩으로 개성미를 더 살려 봐야지!'

신상 셰이딩 거울에 얼굴을 비춰 보며 체리는 쌩긋 웃었다. 오늘따라 얼굴이 마음에 들고 유난히 개성 있어 보였다.

"저 이거 살게요. 계산해 주세요."

계산대로 가서 돈을 내밀자 블링블링 메이크업을 한 판매원이 반색을 하며 말했다.

"어머, 잘 생각했어요. 이걸로 화장하면 학생도 오뚝코에 V라인 얼굴이 될 거예요."

"오뚝코에 V라인 아녀도 괜찮아요. 요걸로 제 개성을 더 살려 볼래요."

"그래요? 개성을 살리는 것도 좋죠. 학생은 조선 미녀처럼 생겨서 진짜 개성 있어요."

판매원이 맞장구를 치며 샘플 화장품을 잔뜩 챙겨 주었다. 체리는 신상 셰이딩에 샘플 화장품까지 챙겨 받고 화장품 가게를 나섰다.

밖에는 다시 보슬비가 내리고 있었다. 간밤에 온 비가 아침에는 그쳤었는데…….

'아, 맞아, 일기예보에서 오늘이 칠석날이라 저녁에 다시 비가 올 거라고 했었지? 견우직녀가 일 년 만에 만나 기쁨의 눈물을 흘리는 날이라서?'

체리는 화장품들을 백팩에 집어넣고 분홍색 삼단 우산을 꺼냈다. 그런데 옆으로 누군가가 지나가며 툭 치는 바람에 우산을 떨어뜨리고 말았다.

"어이쿠, 미안합니다."

교복을 입은 남학생이 우산을 집어 주며 빙그레 웃었다. 어딘가 낯익은 얼굴이라 체리는 멈칫했다. 그런데 우산을 건네는 그의 왼손 약손가락에 반지 하나가 끼워져 있었다. 체리가 낀 것과 똑같은 반지, 은색 바탕에 파란색 연꽃무늬를 새겨 넣은 은파란 반지였다.

■ 작가의 말

누구에게든 청소년기만큼 외모에 민감한 시기도 없는 것 같다. 외모에 대한 '근자감'이 넘쳐서 '이 정도면 괜찮잖아'라며 살아온 나도 십대에는 외까풀 눈에 살짝 콤플렉스를 느꼈으니까.

그런데 엄마로서 두 아이를 키우고 작가로서 청소년들을 접하다 보니 내가 지나온 시절보다도 요즘 십대들이 외모 문제로 몇 배는 더 힘들어한다는 걸 알게 되었다. 그건 다름 아니라 지금 우리 사회에 외모지상주의가 만연해 있는 탓이다. 다른 것은 거의 고려하지 않고 외모로만 사람을 평가하는 외모지상주의는 학업에 대한 부담감과 진로에 대한 고민 때문에 가뜩이나 어깨가 움츠러든 청소년들을 더욱 힘들게 하는 그릇된 사고방식이다.

그래서 어떻게 하면 청소년들을 외모지상주의로부터 조금이라도 자유롭게 할 수 있을까 궁리하다가 조선 시대에까지 생각이 미치게 되었다. 조선 시대에는 일반 백성은 물론 관료나 왕족, 심지어 왕과 왕비에 이르기까지 사람을 평가할 때 관상을 기준으로 삼는 경우가 무척이나 많았는데, 이것이 오늘날의 외모지상주의와 별로 다르지 않다고 생각하게 된 것이다. 그리고 조선 시대에도 이른바 '관상지상주의'와 외모 콤플렉스 때문에 고통을 겪은 청소년이 분명 존재했을 거라는 상상까지 하게 되었다.

『조선가인살롱』은 바로 이런 발상으로부터 출발해 탄생한 작품이다. 원래는 2017년에 〈조선가인사롱〉이라는 제목으로 발표했던 웹소설을 새롭게 다듬어 세상에 내놓게 되었다. '살롱'과 '사롱'의 차이가 무엇인지, '조선가인살롱'이 무슨 뜻인지는 책을 읽다 보면 금방 답을 찾을 수 있을 것이다.

외모에 대한 이야기를 하는 작품이다 보니 이 소설에는 '꽃선비' '꽃미남' '꽃규수' '최고 미녀'와 같은 외모를 평가하는 지나친 표현이 가끔 등장한다. 이런 표현이 요즘 중요시되는 성인지감수성 측면에서 거슬릴 수도 있다는 것을 모르지 않지만, 외모지상주의에서 벗어나자는 취지에서 오히려 강조한 것이니만큼 너그러이 이해해 주기 바란다.

아울러 이 책을 읽는 청소년들이 어느 시대나 외모지상주의와 비슷한 사고방식이 존재했음에 조금이나마 위안받기를 기대한다. 나아가 획일화된 미(美)의 기준을 좇기보다는 타고난 '나만의 개성'을 살리고 자존감을 높이며, 스스로 좋아하고 잘할 수 있는 일을 찾는 것이 진정한 아름다움을 가꾸는 방법임을 깨닫게 된다면 더욱 기쁘겠다.

2020년 11월 신현수

조선가인살롱

초판 1쇄 발행일 | 2020년 12월 7일
초판 10쇄 발행일 | 2024년 4월 30일

지은이 | 신현수
펴낸이 | 정은영

펴낸곳 | (주)자음과모음
출판등록 | 2001년 11월 28일 제2001-000259호
주　소 | 10881 경기도 파주시 회동길 325-20
전　화 | 편집부 (02)324-2347, 경영지원부 (02)325-6047
팩　스 | 편집부 (02)324-2348, 경영지원부 (02)2648-1311
E-mail | jamoteen@jamobook.com

ISBN 978-89-544-4545-0 (43810)